미녀와 쓰레기통

미녀와 쓰레기통

1판 1쇄 펴낸날 2022년 1월 20일
1판 2쇄 펴낸날 2022년 5월 10일

지은이 조앤 오코넬 **옮긴이** 최지수 **펴낸이** 김민지 **펴낸곳** 미래M&B
책임편집 황인석 **디자인** 서정민 **영업관리** 장동환, 김하연
등록 1993년 1월 8일(제10-772호) **주소** 서울시 마포구 동교로 134(서교동 464-41) 미진빌딩 2층
전화 02-562-1800(대표) **팩스** 02-562-1885(대표) **전자우편** mirae@miraemnb.com
홈페이지 www.miraeinbooks.com **블로그** blog.naver.com/miraeibooks **인스타그램** @mirae_inbooks

ISBN 978-89-8394-926-4 03840

* 잘못 만들어진 책은 구입처에서 바꾸어 드립니다.
* 미래인은 미래M&B가 만든 단행본 브랜드입니다.

미녀와 쓰레기통

조앤 오코넬 지음 · 최지수 옮김

미래인

chapter 1

"로리, 둘 중에 선택해. 파티에 가져갈 음식 찾으러 쓰레기통에 가든지, 아님 차에 들어가 입이나 내밀고 있든지."

로리는 차로 돌아가서 뿌루퉁하게 앉았다.

그런 로리를 흘긋 본 엄마가 아무렇지 않게 가방을 들었다.

"펀, 이리 오렴." 엄마가 로리의 여동생 펀을 불렀다. "어젯밤 쓰레기가 아직 그대로 있을 거야. 가서 베이글, 샐러드, 딸기를 찾아보자."

"나 진짜 쓰레기통에 들어가보는 거야?" 펀이 폴짝폴짝 뛰면서 말했다. 펀의 손목에 둘러져 있는 병뚜껑 팔찌가 짤랑거렸다. "들어가서 엄마한테 음식을 던져주면 돼?"

"아니, 넌 망을 봐야 해. 슈퍼 아저씨가 밖으로 나오는 걸 엄마가 모르면 안 되잖아."

로리는 옆에 있던 카디건을 끌어당겼다. 아무도 우리처럼 슈퍼마켓 뒤에서 어슬렁대다 쓰레기통에 있는 걸 가져가진 않는다구.

로리는 차창 밖을 바라봤다. 토요일 저녁 일곱 시라서 주차장에 차가 많았다. 슈퍼마켓 안에는 장을 보러 온 사람들이 반짝거리는 문을 지나 계산대 앞에 줄을 서 있었다.

한 여자애와 엄마로 보이는 여자가 로리의 눈에 들어왔다. 카트를 꺼내려는 중이었는데, 둘 다 이번 시즌에 유행하는 청바지를 입고 있었다. 여자애의 얼굴은 보이지 않았지만 길게 묶은 금발이 찰랑거리는 게 보였다.

아마 저 애는 활짝 웃고 있겠지. 로리는 생각했다. 쓰레기통에서 요구르트, 커스터드, 베이글 같은 걸 뒤져야 하는 운명만 아니라면, 나도 저 애처럼 웃을 수 있을 텐데.

로리는 자기 청바지를 만지작거렸다. 이 청바지는 다리에 달라붙지도 않고, 헐렁한 배기 바지도 아니어서 로리가 제일 좋아하는 옷이었다.

"너, 그 청바지 때문이었니?" 쓰레기통에서 차로 돌아온 엄마가 조수석 수납함을 뒤지며 말했다. "그러니까 내가 뭐랬어. 막 입는 옷으로 입고 오라고 했잖아. 엄마처럼 말이야."

엄마는 '탄소는 줄이고 탄수화물은 늘리자!'라고 적힌 티셔츠와 로리가 태어나기도 전부터 입었던 낡은 청바지를 입고 있었다.

"옷 때문이 아니에요."

로리는 재빨리 대답했다. 엄마랑 패션 얘기를 해봤자 말도 안 통할뿐더러, 기분을 상하게 하고 싶지 않았기 때문이다. 엄마의 패션이 엉망인 건 사실이었다. 하지만 낡은 옷을 입는 건 엄마의 문제점들 가운데 그나마 가벼운 문제였다.

로리는 한숨을 푹 쉬었다.

"주변 좀 보세요, 엄마. 슈퍼가 곧 문 닫을 시간이라 사람이 거의 없을 거라면서요! 그런데 엄청 많잖아요. 다들 우릴 쳐다볼 거예요."

펀이 차창에 얼굴을 갖다 댔다. "이게 어때서? 훔치러 온 것도 아닌데! 그냥 재활용하려는 거잖아." 그러고는 마치 태권도라도 하듯 주먹을 들어 올렸다. "우린 재활용 전사들이라구!"

로리의 마음속에서 뭔가가 부글거리며 불안감이 피어올랐다. 설마 엄마는 우리가 슈퍼나 카페나 식당 쓰레기통에 버려진 음식물을 꺼내 먹는 걸로 재활용 운동가라도 된 것처럼 착각하는 건 아니겠지?

로리는 세차게 고개를 흔들었다.

"말도 안 되는 소리 하지 마, 펀. 기분 최악이니까."

"로리, 이제 그만 장화 신으렴." 엄마가 말했다.

로리는 진짜로 쓰레기통을 뒤지러 갈 줄은 몰랐다. 더 화가 나는 건, 이런 사태를 만든 장본인이 다름 아닌 로리 자신이라는 거였다. 안 그래도 환경운동에 한껏 참여하고 있는 가족한테 도대체 왜 음식 쓰레기 다큐멘터리를 보여줘서 이 사달을 낸 걸까? 그걸 보여주면 환경운동에 더 열을 올릴 게 뻔한데!

로리가 보여준 다큐멘터리에는 자칭 '쓰레기 셰프 제프'라는 남자가 나온다. 제프는 마당을 걸어 다니면서 바비큐에 얇게 썬 감자를 넣어 구워 먹고 병째로 우유를 들이켜고 초코 비스킷을 먹는데, 이것들이 전부 슈퍼마켓 쓰레기통에서 찾아낸 음식이라는 것이다.

"눈을 크게 뜨고 찾아보면 먹을 게 많아요!" 제프가 말한다. "챌린지를 하도록 하죠. 하루 동안, 아니면 일주일, 아니면 아예 한 달 동안 음식을 사지 않는 거예요. 어때요?"

로리는 어리둥절했다. 하지만 부모님과 동생은 다큐멘터리가 끝나기도 전에 챌린지를 시작했다. 아빠는 갑자기 일어나 찬장을 열고 뒤적거리더니 먼지로 뒤덮인 렌틸콩과 부러진 스파게티 면을 찾아냈고, 동생은 페이스트리 대신 바나나 껍질을 이용하는 웬 괴상망측한 케이크 만드는 법을 찾아냈다.

그렇게 시작된 챌린지가 이젠 쓰레기통 뒤지기 단계까지 온 것이다.

"그렇게 잔뜩 찌푸릴 일은 아니야, 로리." 엄마가 말했다. "뭐, 수영장에 뛰어드는 것도 아니고, 쓰레기통에 말 그대로 '뛰어들' 필요는 없어. 그냥 먹을 만한 걸 찾는 것뿐이야."

로리의 시선은 아까 봤던 엄마와 딸한테 가 있었다. 우리가 아무리 환경운동을 하는 거라고 해도 저 사람들에겐 그저 프리건* 이나 덤프스터 다이버**로만 보이겠지? 쓰레기 더미에서 먹을 걸 찾는 걸 나쁜 짓이라고 생각하겠지?

"엄마, 쓰레기통에 있는 건 슈퍼에서 버린 게 맞지만, 아빠 말로는 쓰레기도 결국 슈퍼 거라던데, 그럼 나쁜 짓 아니에요?"

엄마가 웃으며 손을 내저었다.

"로리, 진짜 나쁜 짓은 말이야, 먹다 남은 베이글을 한 무더기씩 그냥 막 갖다 버리는 거란다."

"음식 낭비는 당연히 나쁘죠. 나도 그건 싫어요. 근데요! 좀 다른 방법을…."

그때 펀이 차창을 톡톡 쳤다. 얼굴을 차창에 바짝 갖다 대느라 주근깨 가득한 펀의 코가 납작해졌다.

"이제 가요!"

로리는 아무 데서나 산 것 같은 펀의 치마를 봤다. 가끔 로리는 다시 아홉 살로 돌아가서 펀이 물려 입은 옷이 아직 자기 것이었을 때를 상상하곤 했다. 펀의 치마에 큰 하트 모양의 천 조각이 붙어 있는 게 보였다. 예전에 로리가 그 치마를 입고 나무에 오르다 나뭇가지에 걸려 찢긴 부분을 엄마가 아기 때 입던 옷으로 기운 것이었다.

로리도 동생 나이였다면 쓰레기통에 들어가든 말든 별로 신경 쓰지 않았을 것이다. 하지만 난 지금 중학생이라고요! 로리는 속으로 외쳤다. 이젠 어린애가 아니란 말이에요!

---

*Freegan. 자본주의 경제의 지나친 소비 지향성에 반대하고 환경을 보호하기 위해 쓰레기통을 뒤져 식품을 구하는 이들을 가리키는 말.

**Dumpster Diver. 쓰레기통에 뛰어들어 유용한 물건을 찾는 사람들.

로리의 얼굴이 점점 붉으락푸르락해졌다. "난 돼지가 아닌데." 이번에는 소리 내서 말해버렸다. 로리는 엄마를 향해 선언했다. "엄마, 난 더 이상 이 일에 엮이고 싶지 않아요. 쓰레기통을 뒤져서 찾은 음식은 먹고 싶지 않다고요. 이제 그만둘래요."

로리가 그러든지 말든지, 엄마는 조수석 수납함을 철컥 닫으며 무심히 말했다.

"손전등이랑 고무장갑 찾았어. 펀, 무전기 챙겼지? 자, 로리, 이제 우리랑 같이 갈지 정하렴. 마지막 기회야."

"엄마! 내 말 듣긴 한 거예요?"

"그럼, 로리. 꿀꿀꿀."

엄마가 코와 입을 잔뜩 찡그리며 꿀꿀 소리를 냈다. 평소에도 만들고 싶은 표정을 자유자재로 만들어 보이곤 하는 엄마가 그러는 걸 보니, 로리는 자기도 모르게 웃음이 나서 이를 꽉 물었다. 그래도 웃음이 나오는 걸 참을 수는 없었다.

"자, 로리." 엄마가 차 문을 열고 펀 옆에 섰다. "쓰레기 셰프 제프가 말하길, 쓰레기통 딱 한 개만 잘 뒤져도 온 가족이 일주일 내내 먹을 음식을 찾을 수 있다고 했어. 우리도 그만큼은 아니더라도 조금은 찾을 수 있을 거…."

"빨리 가자, 언니!" 엄마 말을 끊고 펀이 소리쳤다. "다큐멘터리에 나왔던 슬로건 기억 안 나? '재활용 전사들이 지구를 지킬 수 있다. 다음 식사는 쓰레기통에서 찾는 건 어떨까!'라고 했잖아."

펀의 목소리가 너무 커서 주변 사람들이 로리 가족을 쳐다봤다. 카트 보관소 앞에 있던 엄마와 딸도.

알고 보니 그 금발 여자애는 학교에서 제일 예쁘고, 제일 유명하고, 최고 부잣집 딸로 소문난 찰리 슬로스였다.

로리는 순간 몸을 숙여 좌석 밑으로 숨은 뒤 카디건을 머리 위에 뒤집어썼다. 너무 당황한 나머지 심장이 쿵쾅거리는 소리가 귓가에 울리는 듯했다.

찰리도 나를 봤을까? 나인 줄 알았을까? 혹시 내가 쓰레기 더미에서 음식이나 찾으러 다니는 애라고 비웃어주려고 머리카락을 찰랑대며 이쪽으로 오는 건 아니겠지?

"무슨 일이니?" 엄마가 물었다.

숨 쉬어. 로리는 속으로 말했다. 숨 크게 쉬어. 정신 차려. 찰리가 정말 이쪽으로 온다 해도(안 오면 좋겠지만), 걔가 볼 수 있는 건 카디건뿐이야. 그리고 쓰레기통을 뒤진 흔적도 없다구.

로리는 찰리 슬로스가 물어보면 아무것도 모른다고 잡아뗄 작정이었다.

"무슨 일이냐고 묻잖아!" 엄마가 다시 말했다.

"저기 우리 학교 다니는 애가 있는데, 쳐다보진 마세요." 로리는 아주 작은 목소리로 말했다. "저기, 엄마랑 같이 있…."

엄마가 바로 고개를 돌려 쳐다봤다.

"그게 왜? 친구가 있다면 인사하러 가야지. 나오렴, 로리. 얼른 친구한테 손 흔들어줘."

"싫어요!" 로리는 자기도 모르게 날카롭게 말했다. 찰리 가족을 만나는 게 끔찍이도 싫다는 걸 도대체 엄마한테 어떻게 설명하면 좋을까?

똑똑하고, 예쁘고, '난 모든 걸 가졌어' 식의 거만한 태도로 어깨까지 내려오는 금발을 찰랑이며 다니는 찰리 슬로스는 실버데일 중학교 최고의 패션 아이콘이자 인싸였다.

로리는 가슴이 콱 조여오는 걸 느꼈다. 만약 찰리가 낡아 빠진 데다 여기저기 기운 옷을 입고 있는 나를 본다면…. 로리는 별별 생각으로 머리가 터질 것 같았다.

엄마가 목소리를 낮춰 말했다. "엄만 네가 다른 친구들하고 잘 지내고 있다고 생각했는데. 새 친구를 많이 사귄 줄 알았어. 아니니?"

"친구는 많아요. 전에 베프인 자이납이랑 에밀리아 얘기한 적 있잖아요. 그리고 난 1학년이에요. 걔는 3학년이고요! 내가 먼저 말 걸기가 좀 그렇다구요."

"글쎄, 이제 어차피 말 걸 수도 없을 것 같구나. 다들 가서 없으니까 말이야."

로리는 천천히 좌석 밑에서 나오며 카디건 사이로 머리를 내밀었다. 찰리와 찰리 엄마는 어느새 가버렸는지 보이지 않았다. 로리를 못 본 게 틀림없었다.

아직은.

로리는 빠르게 머리를 굴렸다. 그저 위험 구역을 벗어난 것뿐일 거야. 찰리가 다시 나타날 수도 있잖아. 언제쯤일까? 20분 후?

30분 후? 로리는 쓰레기통을 쳐다봤다. 해가 지고 있었다. 한 10분 정도면 쓰레기통에 들어갔다 나올 수 있을 것 같았다.

로리의 머리가 아파왔다. 로리가 다니는 실버데일 중학교는 로리 가족이 살고 있는 핍슨 마을과는 상당히 멀리 떨어져 있어서, 로리와 같은 초등학교를 나온 친구들 몇몇을 빼면 로리를 아는 학생이 없었다. 초등학교 친구들은 대부분 핍슨에 있는 중학교에 진학했다. 로리는 오랜 초등학교 친구들이 그리웠지만, 그래도 실버데일 중학교에서 산뜻하게 새 출발을 하는 것도 나쁘지 않을 거라고 생각했다.

새 학교에 진학하고 나서는 로리와 가장 친한 에밀리아와 자이납은 물론이고 그 누구도 로리의 가족을 만난 적이 없었다. 로리 부모님이 이 정도로 재활용과 절약에 몰두해 있는 건 아무도 몰랐다. 실버데일 중학교에서 보내는 이번 해는 로리한테 인생을 뒤바꿀 만한 해였고, 로리는 부모님과 동생이 자신의 모든 걸 망치게 내버려두고 싶지 않았다. 다시는 예전처럼 '쓰레기 걸' 취급을 받고 싶지 않으니까!

로리는 차에서 뛰쳐나왔다.

"오, 잘 생각했어, 우리 딸." 엄마가 팔로 끌어안으며 말했다. "많이는 안 필요해. 샐러드 같은 게 있나 보자. 뭐, 푸딩도 하나 있으면 좋고…."

"가방 주세요."

가방을 받아 든 로리는 카디건을 머리에 푹 뒤집어쓰고 쓰레기장으로 들어갔다.

첫 번째 쓰레기통은 텅 비어 있었다. 두 번째 쓰레기통은 온통 플라스틱뿐이었다. 그리고 세 번째 쓰레기통을 열어 보니…

대박이었다!

그 안에는 신선한 음식물이 많았고, 인스타그램에서 본 적 있는 샐러드볼 같은 것도 있었다. 싱싱한 상추부터 빨간색과 노란색 파프리카, 얇게 썰린 땅콩호박, 수백 개의 방울토마토와 블루베리, 라즈베리 등 다양한 과일과 채소가 있었다.

잔뜩 흥분한 로리는 서둘러 그것들을 가방에 집어넣었다. 보물상자를 발견한 기분이었다! 그것들을 공짜로 갖고 나갈 생각을 하니, 로리의 머릿속에 이런저런 생각이 마구 떠올랐다. 깊이 손을 뻗자, 괜찮은 음식들이 더 많이 나왔다. 시나몬 베이글, 매운맛 소시지, 요구르트, 양배추 샐러드, 피자….

"셀러리나 당근은 없니?" 무전기에서 엄마 목소리가 들렸다. "샐러드에 넣을 드레싱을 만들어야 해서."

"여기 대박이에요, 엄마." 로리는 재빨리 대답했다. "더 찾아보면 그것들도 나올 거예요."

그때 왁자지껄한 소리가 들렸다. 주차장 외곽 쪽에서 사람들이 지나가며 내는 소리였다. 로리는 재빨리 몸을 낮추고 쓰레기통 옆에 숨어 손전등을 켰다.

재잘거리는 소리, 웃음소리, 그리고 길바닥의 깡통을 걷어차는 듯한 소리가 들렸다.

괜찮아. 로리는 생각했다. 저 사람들은 그냥 버스 정류장으로 가는 길일 거야.

하지만 갑자기 찰리가 생각나서 로리는 그 어느 때보다도 재빠른 동작으로 가방에 음식을 욱여넣었다. 빨리 돌아가면 들키지 않을 거야….

로리는 쓰레기통을 한 번 더 휘저었다. 페이스트리 롤 한 무더기가 나왔다. 가격표를 봤는데 너무 비싸서 깜짝 놀랐다. 부모님이 이걸 한 번도 사 온 적이 없는 이유를 이제야 알 것 같았다.

옆에는 잼이 발라져 있는 도넛, 비스킷, 브라우니… 그리고 아기 돼지 캐릭터로 만든 생일 케이크도 있었다. 로리는 씩 웃었다. 케이크 박스 뒷면에 표기된 유통기한을 보니 오늘 밤까지는 괜찮을 것 같았다.

로리는 피자, 샐러드볼, 과일, 비스킷, 도넛을 모아 재활용 가방에 넣고 바깥으로 던졌다. 그런 뒤 무전기에 대고 말했다.

"아, 아, 빈 병 재활용함 옆에 뒀음. 오버."

엄마가 와서 가방을 차에 갖다 놓기로 돼 있었다.

"곧 가겠음." 엄마가 대답했다.

로리가 다시 다른 쓰레기통으로 들어가자, 큰 박스가 널브러져 있는 게 보였다. 로리는 박스를 끌어당긴 다음, 그 위로 올라갔다. 그리고 몸을 기울여 쓰레기통 안에서 비닐봉지 두 개를 잡아당겼다.

"어어어!!!"

"무슨 일이야?" 엄마가 물었다.

"누군가 도넛을 버리기 전에 토마토를 잔뜩 버린 것 같아요. 파스타 소스나 뭐 그런 것 같은데."

로리는 머리에 둘러쓴 헤드램프 각도를 조절해 다시 제대로 살펴봤다. 버려진 소스 사이에 보이는 건 마치 네스호 괴물의 혹 같았다.

"이럴 수가! 망고가 나왔어요!"

"오 예! 과일 푸딩을 만들면 딱이겠구나."

"처음엔 린스인 줄 알았어요! 혹시…."

"그럼 망고를 으깨서 머리에 발라줘도 되겠네!"

로리는 피식 웃음이 나왔다. 로리와 펀은 먹을 수 있는 뷰티용품을 만드는 걸 좋아했다. 부엌에서 발견한 음식물을 활용해 라임과 페퍼민트로 목욕 거품을, 초콜릿과 오렌지로 마스크팩을, 야생 장미와 딸기로 보습제를 만드는 식이었다. 그러다 보니 활용법도 많이 알게 되었다. 펀이 울고 나면 로리는 펀의 눈과 볼에 생감자 썬 것을 올려두어 부기를 가라앉게 해줬다. 또 로리의 턱에 여드름이 났을 때는 토마토로 세럼을 만들어 올려뒀더니 여드름이 금세 싹 사라졌다. 이 멋진 세럼에 로리는 '피부의 귓속말'이란 이름을 붙였다.

그런 다음 〈미녀와 부엌〉에 사진을 올리는 거야. 로리는 다시 씩 웃었다. 오 예!

〈미녀와 부엌〉은 같은 학교 사람들끼리 가입해서 서로 사진을 볼 수 있는 〈학교 이야기〉에 등록된 로리의 계정 이름이었다.

로리가 소셜 미디어를 시작한 지는 얼마 되지 않았다. 예전에 다닌 학교에서는 뭔가를 공개적으로 올릴 자신이 없었다. 하지만 〈학교 이야기〉는 좀 달랐다. 로리와 펀은 이제 식용 화장품을 만들면 그 주변을 장미꽃잎이나 초콜릿 가루로 장식해서 예쁘게 사진을 찍어 올렸다. 그 사진을 본 사람들이 '좋아요'나 '공유하기'를 누른 걸 볼 때마다 로리는 신이 났다.

"그럼 망고 가져가요? 일단 하나만 가져갈까요?"

"좋지. 망고를 키워준 농부 아저씨들을 생각하고 그 망고가 지구 반 바퀴를 지나 여기까지 왔다는 걸 생각하면…."

엄마가 망고에 대해 말하는 동안에도 로리의 머릿속은 온통 망고를 브이로그에 얼마나 멋지게 담아낼 것인지에 대한 생각으로만 가득 찼다. 쓰레기통 밖으로 허리를 펴고 나와 과일들을 가방에 넣는 동안에도 망고를 으깨서 펀의 머리에 바른 뒤, 윤기가 잘잘 흐르는 펀의 머리카락을 클로즈업하는 시나리오를 상상했다. 펀의 머리카락은 원래도 빛이 나고 예쁘지만, 망고를 발라주면 훨씬 더 매력적으로 보일 것이다. 그리고 마지막엔 집에 망고가 없다면 바나나나 아보카도를 발라도 괜찮다는 멘트를 넣어야겠다고 생각했다.

로리는 씨익 웃음을 지었다. 정말 멋진 계획이야. 내일 당장 해봐야지. 그리고….

그때, 로리의 두 눈이 동그래졌다. 로리의 눈에 들어온 건 로리가 가장 좋아하는 브랜드의 호두버터 상자로, 엄청나게 비싼 것이었다. 로리의 아빠는 종종 그 호두버터를 사 먹느니 차라리 호두나무 과수원을 사버리는 게 낫겠다고 툴툴거리곤 했다.

그런데 한 개가 아니었다. 500그램짜리 호두버터 통이 무려 24개나 들어 있었다. 로리는 머리를 굴려 계산해봤다. 이 한 상자가 부모님이 2주 동안 식료품에 들이는 돈보다 더 비쌌다. 1주도 아니고, 2주!

바로 이거야. 머리를 굴려, 로리. 이거면 #쓰레기왕챌린지에서 우승할 수 있어!

하지만 저걸 가지러 가려면 좀 더 가까이 가야 한다. 게다가 혼자 들기엔 엄청 무거울 것이다. 로리는 슬며시 주변을 둘러봤다. 저 호두버터를 꺼내려면 쓰레기통 안으로 다시 들어가야 한다. 로리는 하늘을 쳐다봤다. 점점 어두워지고 있으니, 쓰레기통에 들어갔다 나와도 쉽게 눈에 띄지 않을 것이다.

로리는 재빨리 발끝으로 서서 쓰레기통 양쪽을 잡고 다리를 건 다음, 쓰레기 더미 속으로 몸을 던졌다.

하~ 이거야말로 진짜 쓰레기통 다이빙이네!

로리는 마늘 파스타 소스에 발이 빠지지 않도록 감자를 담은 자루에 무릎을 대고 조심스럽게 앞으로 몸을 숙였다.

그때 무전기에서 엄마의 목소리가 흘러나왔다.

“이제 그만 가야겠구나. 파티에 쓸 만큼은 챙긴 것 같지 않니?”

“엄마, 지금은 못 가요! 지금 바로 건져야 하는 게 있어서….”

로리는 주머니에 무전기를 찔러 넣고 상자 양쪽을 손으로 잡아당겼다. 그러자 상자가 뭔가 다른 것과 붙어 있다가 떨어지는 듯한 날카로운 소리가 났다. 하지만 그게 뭔지는 잘 보이지 않았다. 로리는 일단 상자를 들고 천천히 쓰레기통 밖으로 향했다.

그런데 상자가 생각보다 너무 무거웠다. 로리의 손에서 미끄러져 내려간 상자는 쓰레기통 안쪽으로 퍽 소리를 내면서 떨어져버렸다.

로리는 지금 채소나 도넛이 한데 섞인 볼풀에 빠진 듯한 모습이었다. 발아래에 밟히는 것들이 계속 뭉개지면서 더 밑으로 빠져들었다. 로리는 발을 허우적대다가 그만 앞으로 고꾸라져 파스타 소스에 코를 박고 말았다.

"으아아아악!!!!"

이러다간 바닥으로 곤두박질칠 것 같았다. 그래도 호두버터를 포기할 수는 없었다. 이렇게 된 이상, 호두버터는 반드시 챙겨야 한다. 로리는 간신히 호두버터 상자를 집어 들어 내던지고 쓰레기통 밖으로 나왔다.

로리는 호두버터 상자를 들고 차 옆에 서 있는 엄마한테 갔다. 로리의 청바지에서 파스타 소스 범벅이 된 당근과 양배추 조각들이 후두두 떨어졌다.

"무슨 일이니? 누군가 소리 지르는 걸 들었는데, 네 목소리인지 긴가민가해서."

"내 목소리였어요!" 로리는 호두버터 상자를 땅에 내려놓으며 말했다. "쓰레기통 안으로 고꾸라졌어요. 토할 뻔했다구요."

엄마가 로리 어깨에 손을 얹으며 말했다. "아이고, 어쩌니. 차에서 휴지 꺼내 올게."

로리는 겉옷을 벗었다. 셔츠에 묻은 파스타 소스가 몸에도 달라붙어 있었다.

"아까 내 목소리 크게 들렸어요?"

"온 동네 사람들이 다 들었을걸?"

로리는 의기양양하게 호두버터 한 통을 들어 올렸다.

"그거, 혹시 우리가 아는 그거니?"

"쓰레기왕 도전!"

로리는 끼고 있던 고무장갑을 벗고 호두버터 통을 열었다. 파스타 소스와 채소 조각이 몸에 잔뜩 묻어 있었지만 초콜릿과 호두버터, 비스킷으로 디저트를 만들 생각에 로리는 벌써부터 신이 났다.

로리의 몸이 덜덜 떨렸다. 잔뜩 젖은 옷과 차가운 밤공기 때문이었다. 로리는 더러워진 옷을 직접 만지고 싶지 않아서 음식 찌꺼기를 털어내려고 몸을 세차게 흔들었다. 그러자 몸에서 악취가 풍겨 나왔다.

"우왝! 마늘 냄새!"

로리는 눈물이 날 지경이었다. 값비싼 호두버터를 얻긴 했지만, 그 성취감은 곧 쓰레기 더미에서 헤엄쳐 나와야 했던 충격으로 사그라지고 말았다.

"내 꼴이 이게 뭐야. 완전 엉망진창이야!"

"어서 집으로 가자." 엄마가 로리를 팔로 감싼 뒤 꽉 안았다. "샤워하면 기분이 괜찮아질 거야."

그때 로리의 눈에 펀의 모습이 들어왔다. 펀은 슈퍼마켓 출구 바로 옆에 서서 손가락으로 십자가 모양을 만들고 있었다.

"쟤 지금 뭐 하는 거니?"

"펀은 내가 쓰레기 좀비가 돼서 돌아온 줄 알 거예요."

로리는 펀을 놀려주려고 좀비처럼 팔을 들고 휘청거리며 펀 쪽으로 걸어갔다.

그런데 바로 그때, 찰리와 찰리 엄마가 카트를 끌고 출구로 나왔다.

그리고 로리와 정면으로 마주쳤다.

chapter 2

찰리가 로리를 쳐다봤다. 정체 모를 소스가 온몸에 흐르고 있는 모습을.

로리의 심장이 뛰었다. 이걸 어떻게 설명해야 하지?

로리는 좌절감을 느꼈다. 좀비 분장을 하고 파티에 가는 중이라고 해야 하나. 그럼 뒤뚱거리는 모양새는 어느 정도 설명할 수 있을 것 같았다. 로리는 제발 찰리가 음식 가방만큼은 안 봤으면 좋겠다고 속으로 기도했다.

사실 로리는 찰리가 자기를 그냥 무시하고 엄마를 따라 주차장에 있는 차로 가버릴 거라고 생각했다. 하지만 찰리가 갑자기 걸음을 멈추더니 로리를 보며 눈썹을 치켜세웠다.

"너, 우리 학교 애지?" 찰리가 물었다. "혹시 로리?"

"로~리!!! 가방 좀 들어줄래?" 하필이면 그때 엄마가 로리를 불렀다. "엄마가 다 옮길 수가 없구나!"

찰리가 씩 웃었다. "아하, 로리 맞구나. 난 찰리야."

로리는 고개를 푹 떨궜다.

찰리는 매우 활기찬 성격에 학교 최고의 인싸라서 누구나 한 번씩 쳐다보는 아이였다. 마치 반짝거리는 은하수에서 방금 나온 목욕 거품 같은 찰리 앞에서, 로리는 자기가 그저 평범한 비누 한 조각 정도로밖에 느껴지지 않았다.

찰리가 포니테일로 묶은 머리카락을 휙휙 넘기며 말했다. "내일 먹을 간식거리를 조금 사러 왔어."

로리는 반짝거리는 스포츠카에 로리 가족이 몇 달 먹을 분량의 음식을 싣고 있는 찰리 엄마를 흘끗 쳐다봤다. 무슨 말을 해야 할지 난감했다.

"조금…이라고?"

"아, 손님이 몇 명 올 거라서."

"그렇구나."

"파티를 열 거거든."

찰리가 자기 엄마를 보며 손을 흔들었다. 그런 뒤 머리카락을 다시 한 번 뒤로 홱 넘기며 말을 이었다.

"수영장 파티야. 정원에서."

로리는 자기가 좀비 흉내를 내던 중이라고 둘러대는 걸 포기했다. 좀비 분장 같은 건 수영장 파티에 비하면 너무나 볼품없어 보였기 때문이다.

찰리가 눈을 동그랗게 뜨고 로리를 위아래로 훑어봤다.

"그런데 이게 웬일이야? 옷에 무슨 짓을 한 거니?"

"아, 이거?"

로리는 옷에 묻은 소스를 최대한 가리기 위해 팔짱을 꼈지만, 얼굴이 빨개지는 건 어쩔 수 없었다.

"아무것도 아니야. 사고가 좀 있었어."

그때, 펀이 뛰어와 하마터면 찰리 쪽으로 넘어질 뻔했다.

"차에 싣는 거 도와달랬잖아." 펀이 숨을 헐떡이며 말했다. "진짜 잘했어, 언니!! 이번엔 음식을 진짜진짜 많이 건졌어."

"와우, 그건 또 무슨 패션이야?" 찰리가 펀의 머스터드색 앞치마와 진한 남색 스타킹을 보며 말했다.

펀이 순간 동작을 멈췄고, 찰리가 펀을 향해 핸드폰 카메라를 켜고는 셔터를 눌렀다.

안 돼애애!!!

"펀 사진은 찍지 말아줘."

"걱정 마!" 찰리가 웃으며 말했다. "옷만 찍었어. 얼굴은 안 나오게 말이야." 그러고는 펀을 보며 말했다. "이거 〈학교 이야기〉에 패션 이야기로 올려도…."

"나 패션 좋아해!" 펀이 끼어들었다.

아니야, 펀. 그건 아니야. 로리는 생각했다. 제발 찰리한테 낡은 천으로 기워 만든 옷이라고 알려주진 마.

"이건 베갯잇을 오려 붙여서 만든 거야. 그렇지, 언니?"

로리는 땅 밑으로 사라져버리고 싶었다.

찰리가 킥킥거리며 말했다. "내 계정 이름은 〈스타일파일〉이야." 그러고는 핸드폰을 내려다보며 화면을 꾹꾹 눌러댔다. 아무래도 당장 올리는 중인 것 같았다.

로리의 손바닥에 땀이 흥건했다. 펀이 거기에 나오게 하고 싶지 않았다. 찰리는 〈스타일파일〉에 밖에서 마주친 사람들의 패션을 찍어 올렸다. 그리고 사진 옆에 어디서 그 옷을 살 수 있는지 구매처에 대한 정보도 올렸다. 하지만 로리 부모님은 새 옷 자체를 사주지 않으니 펀이 입은 옷의 구매처는 절대 올릴 수 없을 것이다. 찰리는 분명 펀한테 앞치마와 스타킹을 어디서 샀는지 물을 테고, 펀이 로리의 옷을 물려 입기만 하는 걸 알게 될 거고, 어쩌면 그마저도 부모님이 어딘가에서 공짜로 얻어 온 옷이라는 것까지 알게 될 텐데….

그때 찰리 핸드폰에서 〈스타일파일〉 계정에 '좋아요'가 눌렸다는 걸 알리는 알람이 울렸다. 찰리가 핸드폰을 꺼내 화면을 봤다. 로리가 슬쩍 보니, 찰리 말대로 펀의 얼굴은 나오지 않았다.

찰리가 씨익 웃으며 말했다. "너, 이제 유명 인사야!"

그 말에 펀이 흥미를 보였다. "언니는 팔로워가 몇 명인데?"

"〈학교 이야기〉에서만 686명이야."

로리는 억지 미소를 지으며 덧붙였다. "우리 학교 전교생의 거의 절반이지."

펀이 로리의 팔을 잡으며 말했다. "언니도 팔로우 해! 우리 언니의 계정 이름은 〈미녀와 부엌〉이고, 그리고…."

“됐어!”

“아하.” 찰리가 느릿느릿 말했다. “나, 그거 본 적 있는 것 같아. 홈메이드 뷰티 레시피 같은 거 소개하는 계정이지?”

로리는 다시 고개를 푹 떨궜다.

찰리가 잠시 말을 멈췄다가 다시 물었다. “너, 레몬 촉촉 립밤 만든 적 있지?”

“응.”

“생강쿠키 보디로션도 만들었고?”

로리는 그 말에 고개를 들고 활짝 웃음을 지었다. “그거 최근에 만든 건데, 진짜 효과 좋아!”

펀이 찰리의 팔을 톡톡 두드렸다. “나도 같이 만들고 있어. 혹시 지난주에 올린 블러드 오렌지 입욕제 봤어? 그거 대박이야! 그걸 물에 넣으면 예쁜 오렌지색 거품이 얼마나 많이 생기는지 직접 봐야 하는데! 사실 우린….”

찰리가 로리를 빤히 쳐다봤다. 꽤 관심이 있는 듯한 눈빛이었다. “그 재료들을 전부 부엌에서 구할 수 있단 말이지?”

로리는 아이스크림 보디 스크럽부터 캐모마일 클렌저에 이르기까지 동생과 만든 뷰티용품들을 쭉 설명해줬다. 팔짱을 낀 채 최대한 담담한 톤으로 말하려고 애썼다.

“이번 주엔 묵은 렌틸콩으로 각질 제거제도 만들었어.”

“포장 얘기도 해줘, 언니.” 펀이 흥분해서 조잘거렸다. 그러고는 찰리를 보며 말했다. “우린 포장에 플라스틱을 하나도 안 써.”

"호두 껍데기 같은 걸 모아서 포장재로 쓰거든." 로리는 괜히 자랑하는 것 같아 민망해서 재빨리 덧붙였다. "거기다 액체 립밤을 부어서 써. 그래서 전부 식물성이야."

찰리가 깔깔 웃었다. "너희들 진짜 독특하다!"

잠시 어색한 침묵이 흘렀다.

찰리가 침묵을 깨고 진지한 목소리로 말했다. "중요한 건 팔로워가 몇 명인가도 아니고, 각질 제거제를 먹을 수 있다는 사실도 아니야. 그렇지 않니? 중요한 건 사람들이 너희한테 얼마나 관심을 가져주는가랑, 누가 너희를 공개적으로 지지해주는가야."

그 말은 사실이었다. 찰리의 계정은 영향력이 컸다. 학교 여자애들은 찰리의 포스팅이 올라오면 다들 '좋아요'를 누르고 댓글을 달았다. "오, 찰리, 진짜 멋져!"라든가, "그거 어디서 샀어?"라든가, "나도 네 〈스타일파일〉에 좀 올려줄래?" 등등.

그리고 찰리는 줄임말을 즐겨 썼는데, 예를 들면 #FTW, YSK, SLAP모자… 이런 식이었다. 로리같이 줄임말을 잘 모르는 아이들은 이런 것들이 뭘 뜻하는지 한 번씩 찾아봐야만 했다. 왜 그렇게 굳이 복잡하게 써야 하는지 궁금해하면서 말이다.

"그럼 언니 계정은 누가 지지해주는데?" 펀이 재미있다는 듯 찰리한테 물었다.

"너도 알겠지만…."

"아니, 난 모르는데."

펀의 말에 로리는 한숨을 내쉬었다. 실버데일 중학교 학생이라면 누구나 찰리를 안다. 하지만 펀은 아직 초등학생이다.

찰리는 한 왕실 귀족이 자기 엄마의 일에 참여하러 왔었고, 그 귀족의 계정에 자기가 언급된 적도 있다는 이야기를 늘어놓았다.

"그분이 내 계정을 팔로우 해주시겠다고 했어!"

펀은 뭔가 혼란스러워 보였다. "그런데 그렇게 해줄 수 없지 않아? 언니네 학교 학생이 아니잖아."

찰리의 얼굴에 잠깐 짜증이 비쳤다. "아니, 뭐 꼭 그렇다는 게 아니라…."

"어, 미안." 로리는 급히 대화를 끊었다.

로리의 심장이 쿵쾅거렸다. 펀이 찰리한테 그런 모욕을 줄 줄은 생각지도 못했다. 그래서 서둘러 펀을 데리고 자리를 뜨려는 순간….

"이건 도저히 혼자 옮길 수가 없구나! 얘들아! 좀 도와주렴."

로리 엄마가 양팔에 피자 상자를 낀 채 이쪽으로 오고 있었다.

찰리의 눈이 커졌다. "너희 가족은 피자를 엄청 좋아하는구나."

"우리 건 아니야." 로리는 재빨리 말했다. "누구한테 좀 갖다 주려고…."

로리 엄마가 피자 상자를 땅에 내려놓고는 웃으며 말했다. "이 정도 양이면 뷔페를 차려도 되겠어!"

"뷔페?" 찰리가 물었다.

"내일 시내에 있는 '완전, 완전, 공짜 벼룩시장'에서 파티가 열리거든." 로리 엄마가 설명했다.

로리의 얼굴에 그림자가 드리워졌다.

"완전, 완전… 뭐라고요?"

"완전, 완전, 공짜 벼룩시장. 줄여서 '완공시'라고 하지." 로리 엄마가 다시 말했다. "강변에서 열리는 거 말이야."

"전부 다 공짜인 곳이야." 펀이 덧붙여 설명했다. "옷, 전자제품, 장난감도 다. 내 롤러스케이트도 거기서 가져왔어. 자전거도." 그러고는 비스킷을 하나 공중으로 휙 던지며 말을 이었다. "심지어 자동차 타이어도 공짜라니까!"

"음, 미안." 찰리가 정중히 말했다. "못 들은 걸로 할게."

미안할 것까지야. 로리는 속으로 생각했다. 로리가 거기 다닌다는 사실은 물론이고, 학교에 있는 그 누구도 벼룩시장의 존재에 대해 알지 못했다. 누구 한 명이라도 아는 사람이 있었다면 그 소식은 곧 학교 최고의 인싸인 찰리의 귀에 들어갔을 것이다.

로리는 목구멍이 콱 막히는 것 같았다. 엄마가 벼룩시장 얘기를 계속 할까 봐, 게다가 설상가상으로 저 피자를 쓰레기통에서 꺼내 왔다는 얘기를 할까 봐… 갑자기 울고 싶었다.

"그 벼룩시장은 정말 최고라니까!" 엄마가 말했다. "사람들도 정말 많이 오고, 많은 걸 나누거든! 옷, 빵, 전등갓 등등 말이야. 우린 주로 집에서 기른 채소로 만든 샐러드를 갖고 간단다. 하지만 이번 주엔…."

로리의 심장이 더 세차게 뛰었다.

"우리 이제 그만 가요! 빨리 가요, 엄마."

엄마가 로리를 흘끗 보더니 피자 상자를 집어 들었다.

"그래, 가자. 가서 쓰레기통에서 저것들도 수거해 와야지."

찰리가 혼란스러운 표정을 지었다.

"쓰레기통에서…저것들…이라뇨?"

"아, 음식 말이야."

로리의 손바닥에는 땀이 흥건했다.

"빨리 가자구요, 엄마."

찰리가 로리의 잔뜩 젖은 티셔츠와 쓰레기통, 그리고 피자 상자를 번갈아 봤다.

이제 끝났다.

"피자를 쓰레기통에서 꺼내 왔다고요?" 찰리가 눈을 동그랗게 뜨면서 말했다. "그건 먹다 버린 음식 쓰레기잖아요!"

잠시 침묵이 흘렀다.

"아니야. 음식 쓰레기라고만 볼 순 없어." 엄마가 부드럽게 말했다. "보면 알겠지만, 충분히 먹을 수 있단다."

"뭐라고요?"

로리는 그저 땅바닥만 쳐다봤다.

"이제 이런 걸 먹다 버린 음식 쓰레기라고 부르는 걸 멈춰야 해. 그냥 쓰레기통에 들어가 있는 것뿐이잖니."

로리의 얼굴이 마치 불이라도 난 것처럼 화끈거렸다.

엄마가 상자를 연신 뒤적거리다가 도넛 하나를 꺼냈다.

"이걸 보렴! 누가 먹은 흔적도 없고, 멀쩡해." 그러고는 도넛을 한 입 베어 물었다. "맛있어!"

엄마의 입술에 설탕으로 범벅된 라즈베리 잼이 묻었다.

찰리가 입을 떡 벌렸다.

로리의 눈가에 눈물이 맺혔다. 엄마가 그렇게까진 하지 않길 바랐는데.

"자, 여기 더 있으니 너도 먹어보렴." 엄마가 도넛을 찰리한테 건넸다. "나눠 먹으면 더 맛있지."

찰리가 깜짝 놀란 표정으로 고개를 세차게 저었다.

"전 됐어요…."

엄마가 미소를 지었다.

"아, 그럼 피자 먹을래?"

"감사하지만…" 찰리가 영혼 없는 목소리로 대답했다. "이만 가볼게요."

그러고는 로리 쪽으로는 눈길도 주지 않은 채 자기 엄마가 기다리는 차로 도망치듯 뛰어갔다.

집으로 돌아오는 길에, 로리는 가만히 앉아서 아무 말도 하지 않았다. 무슨 말이라도 했다가는 눈에 가득 차오른 눈물이 왈칵 쏟아질 것만 같았기 때문이다. 그야말로 로리 인생에서 가장 비참한 날이었다. 하지만 지금보다 최악인 날은 학교에 가는 월요일일 게 분명했다.

chapter 3

"잠깐만요!" 로리가 말했다. "피자에 넣을 허브 좀 챙겨 올게요."

어느새 일요일. '완전, 완전, 공짜 벼룩시장'이 열릴 시간이 되었다. 엄마와 펀은 양팔 가득 피자와 도넛과 과일을 안은 채 부산스럽게 차로 갔다. 아빠는 아직도 부엌에서 뭔가를 하고 있었다.

"나도 곧 갈게!" 아빠가 소리쳤다. "병 몇 개만 더 채우고!"

로리는 복도 벽에서 바질 잎을 땄다.

이 '살아 있는' 벽은 로리네 집에 들어오면 누구나 눈길이 가는 곳이다. 진짜 살아 있는 것 같기 때문이다. 밖에서 볼 때, 로리네 집은 같은 라인에 위치한 다른 집들과 똑같은 모습이다. 빅토리아풍의 작은 별장처럼 색 바랜 벽돌과 새시 창으로 돼 있고, 정원에는 목련 나무가 있는 평범한 집처럼 보인다. 하지만 안으로 들어가면 최첨단 기술의 수경 재배 농장이 있고, 거기로 들어가는 입구에 지금 로리가 바질 잎을 따고 있는 복도가 있다.

방울토마토가 마치 크리스마스트리의 꼬마전구들처럼 천장을 수놓고 있고, 한때 벽장이었던 곳 안에는 허브들이 무성하게 자라고 있다. 또 물냉이, 완두콩 새싹, 시금치 같은 작은 채소들은 사방에 걸린 선반에서 자라고 있는데, 그 선반을 보랏빛 LED 등이 환히 비추고 있다.

집의 나머지 구역에도 식물들이 자라고 있다. 응접실에는 체리와 자두 나무가 있고, 식당에는 한쪽 벽 라인을 따라 울타리가 쳐져 있는데 그 안에 블랙커런트와 구스베리가 가득하다. 또 부엌에는 샐러드로 해 먹을 수 있는 온갖 종류의 채소들이 있다.

위층에는 주로 이국적인 것들이 많다. 욕실에는 파인애플 나무, 계단에는 키위 나무, 침실에는 라벤더와 레몬그라스가 자란다.

로리에겐 바로 이곳이 집이었다. 이런 환경에서 자라서인지 몰라도 로리는 세계 식량난이 왜 생겼는지, 흙이나 자연광 없이도 저렴한 방법으로 식량을 재배하기 위한 과학적 연구가 왜 그렇게 많이 진행되는지, 부모님이 시에서 대여하는 주말농장을 왜 그렇게나 갖고 싶어 하는지에 대해 줄줄 설명하는 데 익숙했다.

로리는 채소로 가득 찬, 보랏빛 LED 등이 비추고 있는 유리 트레이에 비친 자기 모습을 봤다. 사탕밀 색깔의 머리카락을 그러모아 동그랗게 말아 올리고는 바느질 상자에서 아무거나 꺼내 머리에 고정한 상태였다. 머리카락 가닥들이 얼굴 위로 내려와 있어서인지 로리의 적갈색 눈은 평소보다 더 크고 얼굴은 더 나이 들어 보였다.

지난밤 찰리와 있었던 일만 생각하면 아직도 너무 속상했고, 그 생각을 떨쳐버릴 수가 없었다. 어떻게 하면 우리 가족이 쓰레기통에서 음식을 건지는 걸 알게 된 찰리의 입을 막을 수 있을까? 로리 가족의 주변 사람들은 로리 부모님이 환경을 지키기 위해 노력한다는 걸 잘 알고 있었다. 인스타그램에서 사람들이 흔히 자랑하듯 친환경 음식을 먹거나 비건 가죽 재킷을 구매하는 수준이 아니었다. 로리 가족은 웬만한 힙스터보다 훨씬 히피적이었다. 하지만 학교에서는 로리 가족이 얼마나 철저한 과소비 반대 운동가들인지 아무도 몰랐다.

로리는 이 사실을 숨기기 위한 확실한 방법이 없을지 생각해봤다. 찰리한테 아무에게도 말하지 않겠다는 비밀 유지 서약서에 서명이라도 받아내야 할까? 정보기관의 덩치 큰 아저씨들이 찰리를 조용한 곳으로 끌고 가서 버린 음식을 먹는 건 국가 안보와 관련된 일이라고 말하는 광경을 상상해보기도 했다.

“로리! 잠깐 아빠 좀 도와줄래?” 아빠가 소리쳤다.

“네!”

로리는 아빠가 수제 시럽을 병에 담고 있는 부엌으로 달려갔다. 그 시럽은 아빠가 꿀 대용으로 쓰기 위해 직접 개발한 것이었다. 부엌에서는 따스하고 왠지 격려해주는 듯한 느낌의 바닐라와 오렌지 향이 풍겼다.

아빠는 매우 분주해 보였다. 조리대에 끈적한 시럽이 여기저기 흥건히 고여 있었다.

"제가 해볼게요."

로리는 조그마한 오렌지색 냄비에서 흐르는 시럽을 재빨리 병에 담고 뚜껑을 돌려 닫은 후, '말콤 라크시의 홈메이드 시럽'이라고 쓰인 아빠표 라벨을 병에 붙였다. 그리고 라벨 위에 제조일자를 휘갈겨 적었다.

"고맙다, 로리. 고마워."

아빠는 잔뜩 주름이 지고 밑단 가장자리가 전부 해진 청바지를 입고 있었고, 군데군데 페인트가 묻은 직접 만든 낡은 신발을 신고 있었다.

"피자에 우리가 직접 기른 허브를 넣는다니, 좋은 생각이구나." 아빠가 미소 지으며 말했다. "기특해, 우리 딸."

로리는 재활용이 가능한 재생 코르크로 만들어진 바닥을 바라봤다. 벽에 걸려 있는 샐러드 채소들, 구석에 있는 찬장…. 이 찬장도 엄마가 공유 경제 웹사이트에서 공짜로 얻어 온 것이었다. 저쪽에 보이는 피아노 역시 어떤 이웃이 새 피아노를 샀다면서 로리네 집에 준 것이고.

로리는 생각했다. 확실히 정상적인 집은 아닌 것 같아.

"로리!" 아빠가 로리 눈앞에 두 손을 흔들며 물었다. "무슨 생각 하니?"

"무슨 생각을 하냐면요, 이제 그만 새 물건을 살 때가 되지 않았나 하고 있었어요. 옷이나 책 같은 건 특히요. 벼룩시장에서만

구하는 건 그만하고요."

아빠는 그래도 엄마보다 말이 통하는 편이었다. 한번 말해볼 만은 했다.

하지만 로리의 말을 들은 아빠의 입이 떡 벌어졌다.

"오, 로리. 어쩌다 그런 생각을 하게 됐니?"

"돈을 조금만 쓰면 되잖아요, 아빠!"

아빠가 고개를 저었다.

"돈을 조금만 쓰면 된다고?"

"도대체 왜 시내에 나가서 새 옷을 사지 않는지 통 모르겠어요."

아빠는 마치 머리를 망치로 한 대 맞은 듯한 표정이었다.

로리의 얼굴이 붉으락푸르락해졌다.

"그렇게 이상한 사람 보듯 하지 마세요. 제가 무슨 담배를 피우거나 침대 밑에 몰래 술이라도 숨긴 것처럼 보지 마시라고요. 전부 다 새로 사고 싶단 말은 아니에요. 아빠나 엄마 돈으로 그렇게 하고 싶지도 않고요. 제가 직접 돈을 벌 거예요. 그러니까 제 말은, 모든 걸 공짜로 주워서 쓰고 싶진 않다는 거예요."

"상황을 좀 더 부드럽게 보렴." 아빠가 로리 어깨에 부드럽게 손을 올리며 말을 이었다. "네겐 그게 필요할 것 같구나."

로리는 한숨을 푹 쉬었다.

그때 현관문에서 뭔가 팍 하고 부딪히는 소리가 났다. 반대편에서 펀의 목소리가 들렸다.

"아빠, 언니! 엄마가 지금 당장 나오래요! 지금 안 나오면 케이크는 다 먹고 없을 거예요! 병아리콩 우린 물 남은 걸로 만든 맛있는 머랭 케이크거든요."

"여러분, 옷으로 가득 찬 옷장을 보면서도 입을 게 하나도 없다는 생각, 해본 적 있으시죠? 보세요. '완전, 완전, 공짜 벼룩시장'에 오시면 다 해결됩니다!"

로미가 원피스, 치마, 재킷, 바지, 청바지, 티셔츠가 가득한 옷걸이를 가리키며 말을 이었다.

"자, 어서 오세요. 마음껏 구경하세요. 망설이지 마세요, 여러분!"

로리는 채소 바구니를 든 채 바글바글한 사람들 속을 헤치고 지나갔다. 로미는 대학교에서 지속 가능한 패션에 대해 공부하는 20대의 대학생인데, 옷가게도 하나 운영하고 있었다. 로미는 의류수거함이나 친구들, 청소부들에게서 옷을 얻어 리폼 하는 데 재주가 있었다.

하지만 그런 로미도 지금의 로리처럼 열네 살이었을 땐 대부분의 옷을 사서 입었을 것이다. 로미처럼 20대 나이에 멋진 성격이라면 1990년대 빈티지 원피스를 입든, 청바지를 찢어 입든 문제될 게 없을 것이다. 하지만 중학교를 다니면서는 절대 그럴 수 없다.

패션에 대해 생각하다 보니 자연스럽게 찰리 생각이 났다. 로리는 핸드폰을 켜서 〈학교 이야기〉를 열고 〈스타일파일〉에 올라온 최근 게시물을 봤다. 피자, 음식물 쓰레기, 쓰레기통과 관련된 어떤 언급도 없었다. #우정(찰리가 베프인 엘리스, 올라와 함께 비키니 차림으로 찍은 셀카 사진), #파티!(찰리가 수영장에서 거대한 왕좌 모양의 튜브에 앉아 있는 사진), #아이스크림(블랙커런트 맛, 레몬 맛, 피스타치오 맛 아이스크림 세 개를 모아 찍은 사진)을 해시태그로 단 게시물밖에 없었다.

됐어, 잊어버리자. 로리는 속으로 중얼거렸다. 집착하지 말자. 지금 찰리 때문에 걱정해봤자 해결할 수 있는 것도 없고, 이 시간을 즐길 수도 없잖아.

로미가 다양한 모자를 쓸 수 있도록 한 여자 손님을 응대하는 모습을 지켜보면서 로리는 웃음이 나왔다. 로미는 마치 OOTD* 앱을 현실로 보여주는 것 같았다. 손님이 오면 손님의 겉모습을 빠르게 훑어본 후, 옷가지 더미를 보면서 완벽한 '오늘의 패션'을 눈 깜짝할 새에 만들어주는 것이다.

"다양하게 시도해봐야 자기한테 가장 잘 맞는 스타일을 찾을 수 있어요!"

로미가 메탈 색상의 비니를 집어 여자 손님의 머리에 씌워줬다. 여자 손님이 거울에 비친 자기 모습을 보더니 웃음을 터트리며 한 바퀴 빙글 돌았다.

"거봐요. 어울리는 거 찾았잖아요." 로미가 말했다. "움직일 때

*'오늘 입은 옷차림'을 의미하는 Outfit Of The Day의 준말.

마다 모자가 빛을 받아 반짝이네요. 게다가 이건 전부 공짜예요! 그냥 가져가세요. 자, 또 도움이 필요하신 분 있나요?"

사람들이 바글바글 모인 곳은 옷 코너만이 아니었다. 벼룩시장 전체가 들썩였다. 강변을 따라 펼쳐진 각종 가판대는 노을빛을 받아 반짝이는 조명들로 가득했고, 사람들이 재잘거리는 소리와 음악 소리로 공간이 가득 채워졌다. 그리고 '업사이클 우쿨렐레'라는 밴드가 라이브 연주를 하고 있었다.

사람들은 모자도 써보고 옷도 입어보면서 도자기 그릇, 화장품, 자전거, 음향기기, 의자, 램프, 책, 빵, 케이크, 향신료, 그리고 콩 통조림에 든 물을 활용해 만든 세계에서 가장 큰 초콜릿 비건 머랭 파이를 구경하러 돌아다녔다. 로리도 이것저것 구경하며 먹을 생각을 하니 차츰 기분이 들떴다.

펀이 로리의 눈앞으로 매운맛 콩소시지를 들이밀었다.

"언니, 이거 아빠 코랑 똑같이 생기지 않았어?"

로리는 피식 웃었다.

"그러게!"

그때 얼마 떨어지지 않은 전자기기 가판대 쪽에서 환호성이 터져나왔다. 펀이 무슨 일인지 궁금해 바로 그곳으로 달려갔다가 돌아왔다. 아시아에서 열린 학술대회에 갔다 온 랏지가 커피 나무로 덮인 건물 옥상 라인의 프로토타입을 구현해보고 있다는 것이었다.

랏지라고? 로리는 갑자기 기분이 확 좋아졌다. 랏지는 도시 농업 분야의 박사 과정을 공부하면서 로리네 집에서 하숙 중인 학생이었다. 로리 부모님은 몇 년 전 수입이 좀 필요해서 하숙생을 구한다는 공고를 냈는데, 랏지는 욕실에 파인애플 나무가 있는 로리네 집을 보고 홀딱 반해서 로리네 집의 하숙생이 되었다. 로리네 집에서 3년을 지낸 후에도 랏지는 하숙을 그만두지 않았고, 로리네 가족도 랏지가 나가길 원치 않았다.

"랏지가 세계적인 커피 위기를 해결하겠대!" 펀이 흥분해서 양팔을 휘저으며 말했다.

로리는 펀의 조그마한 얼굴을 바라봤다. 아홉 살 된 또래 아이들은 대부분 게임 콘솔이나 태블릿, 스마트폰에 정신이 팔려 있는데… 펀은 그런 쪽에는 관심이 없었다. 오히려 스마트폰을 싫어했고, 부모님이 TV 스트리밍 서비스를 구독하지 않는데도 전혀 신경 쓰지 않았다.

로리와 펀은 부모님을 따라 시장을 가로질러 걸어 다니며 피자와 푸딩을 나눠줬다. 그러다 랏지의 셀프 서비스 커피 가판대에 다다랐다.

"이 시스템은 기존 커피 농장 시스템에 사용되는 물의 고작 2퍼센트만으로 돌아갑니다." 랏지가 설명했다.

"정말 멋지군그래." 아빠가 말했다.

엄마가 로리를 팔로 감싸며 말했다. "랏지, 그나저나 헤어스타일이 참 멋지구나."

"감사합니다."

헤어스타일 얘기가 나오자 로리의 머릿속에 다시 찰리와의 어젯밤 일이 떠올랐다. 그런데 돈은? 난 아직 열네 살밖에 안 됐는데 어디서 벌지? 로리는 언제 지폐를 만져봤는지 떠올려봤다. 펀과 함께 바다거북을 돕기 위해 자선기금을 모금했을 때가 마지막이었다.

그런 일이 아니라 자기 자신을 위한 기금을 모금할 수는 없지 않나? 로리는 잠시 이웃집을 방문해 "안녕하세요. 로리 라크시를 위한 기금을 모금하고 있어요…." 하고 말하는 자기 모습을 상상해봤다. 뭐, 재미는 있겠네. 아니면 영상 클립을 소셜 미디어에 올려 기금 마련을 위한 홍보라도 해볼까? 로리는 자기가 좋아하는 음악이 흘러나오는 사무실에서 사람들이 분주하게 움직이는 장면을 상상했다. 상상 속 사무실에서 전화가 울리고, 어떤 자원봉사자가 전화를 받으며 이렇게 말하는 것이다. "안녕하세요. 여기는 로리 라크시를 위한 의류 구매 협회입니다."

상상만 해도 웃기는 장면이었다. 하지만 곧 '아니야. 별로 웃기지 않아.' 하고 생각을 고쳤다. 왠지 모르게 죄책감이 느껴져서였다. 난 지금도 옷이 많고, 안전하고 따뜻한 집도 있으니까.

로리의 상상은 갑자기 막을 내렸다. 현실 세계에서 로리의 핸드폰이 울렸기 때문이다. 자이납이 망아지가 태어나기를 기다리며 건초 더미 위에 앉아 있는 자기 모습을 셀카로 찍어 보냈다(자이납의 엄마는 수의사였다). 로리는 좋다는 의미로 이모티콘을 잔뜩 보냈다.

그래, 그만 생각하자. 로리는 다시 고개를 들었다.

"잘했어!"

랏지가 커피 기계의 복잡하게 생긴 파이프에서 물을 내리고 있는 편을 향해 고개를 끄덕이며 칭찬하는 소리가 들렸다.

아빠가 시계를 봤다. "이제 돌아갈 시간이야. 밤이 깊었어."

"케이크 좀 먹고." 엄마가 말했다. "오, 마침 마리카 할머니가 오고 있어! 오늘이 마리카 할머니가 벼룩시장을 만든 지 딱 1년 되는 날이잖아."

마리카 할머니가 짧은 회색 머리칼을 흩날리며 로리 가족을 향해 걸어왔다. 손에는 초 하나가 꽂힌 거대한 초콜릿 머랭 파이를 들고 있었다.

주변에 있던 많은 사람들이 마리카 할머니한테 몰려들었다.

"생일 축하해요!" 마리카 할머니가 소리쳤다.

그러자 모든 사람들이 입을 모아 이 벼룩시장의 생일을 축하하는 노래를 불렀다. 마리카 할머니는 앞에 있는 편을 발견하고 허리를 굽혀 편이 촛불을 끌 수 있게 해줬다. 마리카 할머니가 초콜릿 머랭 파이를 잘게 잘라 사람들에게 나눠주고, 사람들이 웃고 떠들며 벼룩시장의 생일을 축하하는 그 순간은 정말이지 멋진 한 장면이었다.

할머니가 가져온 파이는 바삭하면서도 쫀득한 코코아 머랭 베이스에 코코넛 크림이 발라져 있고, 위에는 검붉은 색의 라즈베리가 얹혀 있었다.

편이 로리의 귀에 속삭였다. "맛있긴 한데, 그래도 언니가 만든 페파 피그* 케이크가 훨씬 나아."

로리는 킥킥대며 웃었다. 사실 이 머랭은 로리가 지금껏 먹어본 머랭 중 가장 맛있었다. 로리는 포크에 묻은 크림까지 싹싹 핥아 먹었고, 한 조각 더 먹어도 되냐고 물어보고 싶을 지경이었다.

"우리 라크시 식구들!" 엄마가 로리와 편, 랏지, 아빠를 양팔로 꽉 끌어안았다. "마리카 할머니는 로리가 누구보다 음식을 많이 가져와서 놀라셨다는데, 엄마가 봐도 그런 것 같구나. 정말 다음에 또 참여 안 할 거니, 로리?"

로리는 갑자기 불안해졌다.

마리카 할머니는 로리 가족에게 다음 달에 열리는 기후변화 시위 때 사람들에게 쓰레기통에서 얻은 음식을 나눠줄 것을 제안했다. 로리 부모님은 당연히 그렇게 하겠다고 했다(사실 편은 벌써부터 그날 입을 옷을 만들고 있었다). 할머니의 말에 따르면, 음식 낭비는 하고 싶지 않지만 실제로 얼마나 많은 음식이 버려지는지는 제대로 모르는 사람이 정말 많다고 한다. 그런 사람들에게 쓰레기통에서 얻은 음식을 보여준다면 아주 큰 영향을 미칠 수 있을 거라는 것이다.

"우리 가족이 다른 사람들과 제대로 소통할 수 있는 기회가 될 거야." 엄마가 말했다.

---

*Peppa Pig. 영국 아이들이 즐겨 보는 유아용 애니메이션 시리즈의 주인공 돼지 캐릭터.

"좋은 생각이야!" 아빠가 말했다. "오늘은 피자와 푸딩이 인기가 좋았어."

"그날 시위에선 공짜 도넛이랑 사과를 나눠줘요!" 편이 신나서 끼어들었다.

엄마가 이어서 말했다. "자기가 받아먹은 도넛과 사과가 쓰레기통에서 건진 거라는 걸 알게 되면, 다들 불쾌해하겠지."

"맞아요!" 로리는 얼굴을 찡그리며 말했다. "진짜로 불쾌해할 거예요."

엄마가 깔깔 웃었다. "오, 로리." 그러고는 로리 어깨에 손을 얹으며 말했다. "엄마 말은, 그렇게 신선한 것들이 버려졌다는 사실 때문에 불쾌해할 거라는 거야."

"그냥 버려진 음식물 카페 같은 거라고 생각하면 돼." 아빠가 말했다. "저기 리즈네 가판대에서 파는 맛있는 샌드위치와 수프처럼."

"하지만 다 공짜라는 걸 알면 사람들이 불쾌해하지 않을걸!" 편이 로리의 팔을 꽉 잡으며 말했다. "그렇지, 언니? 세상에 공짜 도넛을 싫어하는 사람이 있겠어?"

"말하나 마나지." 아빠가 거들었다.

아니, 그게 문제가 아니라, 만약 그날 학교 친구들이 나를 보기라도 하면 어떡하냐고요! 어젯밤 일 하나만으로도 충분히 괴롭다고요! 로리의 심장박동이 빨라졌다. 로리는 그 일에서 발을 빼고 싶었다. 음식 낭비가 얼마나 중대한 문제인지 잘 알지만, 더 이상 쓰레기통 음식과는 엮이고 싶지 않았다.

"네 생각은 어떠니, 로리?" 아빠가 열정에 가득 찬 목소리로 물었다.

이건 악몽이야! 로리는 속이 메슥거렸다. 하지만 긍정적으로 생각해야지.

로리는 숨을 크게 들이쉬고는 할 수 있는 한 가장 친절한 미소를 지어 보였다.

"좋은 계획이네요."

chapter 4

월요일 아침에 2학기 첫 조회가 있었다. 로리, 에밀리아, 자이납을 포함한 또래 학년 친구들이 전부 학교 강당에 모였다. 로리와 친구들은 앞쪽 의자에 다른 1학년 학생들과 앉았고, 나머지 의자는 2학년과 3학년 학생들이 가득 채웠다.

지난 9월에 입학했을 때보다 로리는 훨씬 마음이 편해졌다. 게다가 에밀리아와 자이납과 친해지면서 학교에 적응하는 데 많은 도움을 받았다.

하지만 실버데일 중학교는 여전히 로리에게 새롭고 압도되는 느낌이 들게 하는 곳이었다. 끝없이 길게 펼쳐진 복도, 축구, 방송반, 럭비 같은 새로운 것들에 아직 적응이 덜 된 탓이었다. 게다가 수업 때문에 교실을 바삐 이동하며 선배들과 마주칠 때는 왠지 모르게 불안하기도 했다.

초등학교 때는 한 교실에 계속 앉아 있기만 하면 됐는데.

로리는 옛날 생각은 그만하자고 생각했다. 하지만 순간 초등학교 시절 선생님과 함께했던 편안하고 따스한 수업이 생각나 괴로웠다. 그리스 항아리를 만드는 수업이었다.

잊어버려! 실버데일 중학교의 좋은 점을 떠올려보자… 그래! 내 스타킹! 로리는 무릎을 내려다보며 생각했다. 이 스타킹을 신으면 다리가 좀 더 매끄럽고 길고 성숙해 보였다.

로리는 재생 울로 만들어진 스타킹을 몇 년 신고 나서야(오래된 니트를 풀어서 만든 재활용 스타킹을 엄마가 온라인으로 주문했는데, 너무 두꺼워서 스타킹이라기보다는 스웨터 같았다) 드디어 다른 여학생들처럼 60데니어로 된 검정 스타킹을 사 신을 수 있었다. 물론 초등학교 때 침대에서 나와 침대처럼 푹신한 스타킹을 신고 학교에 가는 것도 좋았다. 하지만 이 학교에서까지 그럴 수는 없었다.

카푸어 교장선생님이 단상 위로 올라왔다. 그리고 재킷 깃을 모으고는 미소 지으며 말했다.

"오늘은 중대한 발표가 있어요. 여러분께 이 소식을 전하게 돼서 기쁘네요."

"자, 거기 학생!"

그 소리에 모두가 뒤를 돌아봤다.

"핸드폰 그만 끄세요!" 바칼라 수학 선생님이 소리쳤다. 그러고는 3학년 줄에 앉아 있는, 얼굴이 빨개진 학생을 가리켰다. "조회 시간이잖아. 여긴 콜 센터가 아니라구!"

로리는 그 학생을 쳐다보다가 문득 찰리를 발견했다. 찰리는 3학년 첫 번째 줄 한가운데에 앉아 있었다.

찰리는 점퍼 위에 넥타이를 매고 있었는데, 로리는 '저건 좀 아닌 것 같은데' 하고 생각했다. 찰리의 머리는 양 갈래로 두 줄씩 땋은 포니테일이었다. 한쪽에 하나씩 두 줄로 깔끔하게 꼬아 만든 머리는 꽤 평온하고 여유로운 이미지를 만들어줬다. 그리고 찰리가 여러 가지 방법으로 변화를 준 교복은 가히 학생들의 주목을 받을 만했다. 느슨하게 묶은 넥타이와 몸에 딱 붙은 점퍼만 봐도 찰리가 패션 영감을 주는 사람이란 걸 알 수 있었다.

"최종 경고입니다, 여러분!" 바칼라 선생님이 말했다. "또 핸드폰 울리는 소리가 들리면, 어떻게 될지 기대하세요."

"자, 계속 이야기할게요." 카푸어 교장선생님이 날카로워진 목소리로 말을 이어갔다. "〈혁신가들〉이라고, 아마 들어본 친구들도 있을 거예요. 지역 학교들이 경쟁해서 미래의 기업가를 뽑는 경연 대회랍니다. 〈젊음! 재능! 부자!〉 프로그램과 비슷한 거라고 생각하면 될 거예요."

학생들이 기대에 찬 목소리로 웅성거렸다.

"우리 실버데일 중학교도 이 대회에 참여하기로 했답니다."

로리는 〈젊음! 재능! 부자!〉 프로그램을 본 적은 없지만, 대충 어떤 프로그램인지는 알았다. 참가자들이 각자 사업을 하나씩 시작해서 그 사업으로 매출을 낸 뒤, 가장 높은 순이익을 낸 참가자가 우승하는 식이었다.

돈?!

로리의 심장이 마구 뛰었다. 이거야. 이거야말로 모든 걸 풀 수 있는 열쇠가 될 거야. 로리의 머릿속에 마치 불꽃놀이처럼 문구가 떠올랐다. '로리 라크시, 번뜩이는 혁신 기업가!'

"이 대회에 참가하는 사람들은 각각 10파운드의 초기 자금을 지급받을 거예요. 그리고 한 달 동안 사업을 운영하게 되죠." 교장선생님이 봉투를 흔들어 보이며 말을 이었다. "팀이 구성되는 대로 나눠줄게요. 여기 참가하려면 제품이나 서비스를 만들 줄 알아야 하고, 마케팅과 영업에 대해서도 배워야 할 거…."

그 순간 누군가의 핸드폰이 울렸다.

"이것 봐라."

바칼라 선생님이 2학년 줄에서 하얗게 질린 표정을 짓고 있는 한 여학생을 향해 말했다. 그리고 그 학생한테 다가가서 핸드폰을 달라며 손을 내밀었다.

"규칙 알지? 점심시간에 쓰레기 줍기를 다 하고 오면 다시 가져갈 수 있어. 다음에 또 걸리면 집에 계신 부모님께 연락이 갈 거야. 그 연락은 내가 직접 할 거고."

뒤쪽에서 소란이 일어나는 동안 로리는 주변에서 계속 떠드는 수많은 아이디어를 듣고 있었다. 2학년 여학생 축구팀 팀장인 제시카 히긴스는 축구 교실을 열겠다고 했고, 학교신문 편집부원인 렉시 토머스는 소셜 미디어 관리를 해주겠다고 했다. 3학년 줄에 앉은 남학생들 몇몇은 자전거를 모아서 택배 서비스를 시작하겠다고 했고, 또 누군가는 노인들을 위한 코딩 워크숍이나 별이 반짝이는 밤 캠핑 이벤트를 열겠다고 했다.

에밀리아가 로리를 툭 쳤다. “들었지? 구미가 당기는걸.”

로리는 현실로 돌아왔다. “뭐가?”

“〈혁신가들〉 대회 말이야.” 에밀리아가 무릎을 모아 의자 위로 올려 쪼그려 자세를 취했다. 에밀리아는 덩치가 작아서 이 자세를 취할 때면 마치 인간 주먹밥이라도 된 듯 의자에 꼭 맞는 사이즈가 된다.

“신나겠는걸.” 자이납이 로리와 에밀리아한테 말하려고 허리를 숙이면서 윤기 나는 검은 머리칼을 쓸어 올렸다. “너희들, 학교 끝나고 카페에서 볼래? 같이 사업 구상 좀 해보게.”

“당연하지.” 에밀리아가 배를 움켜쥐었다. “배고파 죽겠어. 초콜릿 브라우니 먹으러 가야겠다. 두 개 살까?” 그러고는 로리를 찌르며 물었다. “너도 가는 거지?”

로리는 입술을 깨물었다. “음, 나도 가고 싶은데….”

자이납이 실망한 표정으로 말했다. “설마, 너 또 바로 집에 간다고 말하려는 건 아니지?”

“거긴 네가 제일 좋아하는 케이크도 있어. 유지방이 안 들어간 레몬 드리즐 케이크.” 에밀리아가 다리를 꼬면서 말했다. “같이 가자!”

“그래! 나도 봤어.” 자이납도 들떠서 말했다. “내가 직접 재료 목록을 봤는데, 달걀이나 유제품이 하나도 안 들어가 있대.”

로리는 억지로 미소를 지으며 말했다. "그게 문제가 아니라, 문제는…."

"설탕이 아주 진하게 입혀져 있고, 시럽은 아이싱처럼 들어가 있어. 아이싱이 얼마나 두꺼운지 너도 봐야 하는데." 에밀리아가 두 손가락을 벌리며 말했다.

로리는 가방을 무릎 위에 올렸다. 에밀리아와 자이납이 보기 전에 고개를 숙여 가방 속 지갑을 열어봤다. 혹시 돈이 좀 들어 있나? 있을 리가. 지갑에 있는 건 고작 비상금으로 넣어둔 5파운드짜리 지폐뿐이었다. 급한 일이 아니면 절대 쓰지 말라며 엄마가 넣어둔 돈이었다.

카푸어 교장선생님이 손뼉을 짝 쳤다.

"자, 주목!"

그러고는 경연 대회의 규칙을 빠르게 읽어나갔다. 규칙은 이랬다. 각 팀은 3주 동안 흩어져서 최대한 많은 제품 또는 서비스를 판매하고, 마지막 4주차에 학교에 모두 모인다. 이때 참가자들의 친구들과 가족들이 와서 판매를 도와줄 수 있다. 초기 자금으로 지급받은 10파운드로 사업을 시작해서 수익을 내면, 그걸 어떻게 쓸지는 각자 마음대로 결정할 수 있다.

"수백만 파운드를 벌 수는 없겠지만," 교장선생님이 웃으며 말했다. "학교에 기부하는 방법도 있어요. 이 경우엔 기부자의 이름을 새로 짓는 과학실 이름으로 짓거나, 학교 도서관에 플래카드를 걸어두도록 할 거예요!"

친구들과 카페에 갈 돈을 벌 수 있겠다고 생각하니 로리는 절로 웃음이 나왔다. 그렇다면 괜찮겠는걸! 카페 계산대로 곧장 돌진해 자이납과 에밀리아한테 원하는 걸 다 시키라고 해야지. "이번엔 내가 쏜다!" 하고 통 크게 말하면서 친구들을 향해 자랑스럽게 두 팔을 뻗는 거야.

펀도 빼놓을 수 없다. 펀한테 줄 케이크도 하나 사야지. 핫초코도. 아니, 아예 펀도 카페에 데려가서 사주지 뭐. 상상만 해도 로리는 잔뜩 신이 났다.

카푸어 교장선생님이 계속해서 설명했다. 각 학교에서 우승 팀이 나오면 다시 그중에서 왕중왕이 가려진다. 가장 많은 수익을 올린 팀뿐 아니라, 가장 혁신적이고 창의적인 비즈니스 아이디어를 구현한 팀도 우승 후보가 된다.

우승 팀을 뽑는 심사위원으로는 에이미와 에이브릴 델라미어 자매가 선정되었다고 한다. 델라미어 자매는 20대 때 끝내주는 운동화 브랜드를 출시한 창립자일 뿐만 아니라, 실버데일 중학교 졸업생 중 가장 유명하고 가장 성공한 사람들이었다.

다시 한 번 강당이 술렁거렸다.

"나는 우리 실버데일이 대회에서 우승할 거라고 믿어 의심치 않습니다." 카푸어 교장선생님이 말했다. "왕중왕전에서 우승한 학교에는 최신 4D 프린터가 부상으로 수여됩니다. 이 프린터만 있으면 비스킷부터 자전거 부품까지 모두 만들어낼 수 있다고 하네요. 이걸 받게 되면 여러분 모두가 디자인 수업에서 써볼 수 있어요! 또 학교별 우승 팀에겐 '직접 CEO가 되어보는 날'에서 자신들의 아이디어가 실제 회사에서 구현되는 과정을 볼 수 있는 기회가 주어진답니다."

강당 안이 아까보다 훨씬 소란스러워졌다.

카푸어 교장선생님은 저마다 열띤 토론 중인 학생들을 향해, 생각해볼 수 있는 다양한 비즈니스 아이디어의 예를 들어줬다. 아이스크림 판매를 한다면, 아이스크림 공장에 가서 새로운 맛을 어떻게 조합하는지 배워볼 수도 있다. 또 피트니스 트레이닝 서비스를 제공한다면, 피트니스 센터에 가서 전문 트레이너들을 만나보는 것도 좋은 방법이다.

에밀리아는 기술·가정 시간에 자기가 만든 빵이 나올 때마다 그러듯, 이번에도 뭐가 그리 신나는지 마구 떠들어댔다. 에밀리아의 손동작이 너무 열정적인 나머지, 자이납의 안경을 쳐서 날려버릴 뻔하기도 했다. 자이납은 별로 신경 쓰는 것 같지 않았지만. 아무튼 에밀리아는 공책과 펜을 가방에서 꺼내 조회가 끝날 때까지 자기 아이디어를 열심히 설명했다.

카푸어 교장선생님이 조용히 하라는 뜻으로 손을 들었다.

"자, 주목. 이번 대회의 주제는 이미 정해져 있어요. 바로 '세상을 더 나은 곳으로 만들기 위해 내가 발명할 수 있는 한 가지'입니다."

chapter 5

"레몬 드리즐 케이크는 이쪽이야!"

자이납과 에밀리아는 교문을 지나 버스 정류장 쪽으로 가려던 로리를 잡아끌고 카페로 향했다.

하루가 쏜살같이 지나갔다. 수업마다 경연 대회 이야기뿐이었다. 아이디어에서부터 돈을 어떻게 쓸지에 관한 이야기까지. 선생님들도 학생들의 대회 준비를 도왔고, 벌써 팀을 꾸려낸 학생들은 스타트업 초기 비용을 받아 가기도 했다.

로리는 핸드폰을 꺼냈다.

"나, 엄마한테 오늘 늦는다고 문자 좀 보낼게."

"음, 네가 걸으면서 문자 보내고 있다는 건 말하지 마." 자이납이 농담으로 말했다. "그거 뭐라고 했더라? 걸으면서 문자 보내는 거?"

"걸~문!" 에밀리아가 깔깔 웃었다. "그나저나 난 아직도 로리네 부모님을 뵌 적이 없다는 게 놀라워."

"이번엔 꼭 초대하는 거다!" 자이납이 건들거리며 말했다. "그동안 너랑 친하게 지내면서 편하고 랏지 이야기 정말 많이 들었어. 이제 실제로 만나볼 때도 된 것 같은데."

"음…" 로리는 애매하게 말했다. "집이 워낙 멀어서 좀…."

매번 로리가 대는 핑계였다. 자이납과 에밀리아는 학교에서 조금만 걸으면 나오는 동네에 살고 있다. 하지만 로리는 집이 있는 핍슨까지 한참 동안 버스를 타고 가야 한다.

"난 자리 잡고 있을게." 로리는 카페에 도착하자마자 선수를 쳤다. "배 안 고프니까."

에밀리아가 로리의 팔을 툭 쳤다. "정말 안 먹어?"

"진짜야! 점심을 많이 먹었거든."

자이납이 목소리를 낮춰 속삭였다. "혹시 지갑을 안 가져온 거면, 우리가 빌려줄게."

"그 때문이 아니야! 진짜로 점심을 너무 많이 먹어서 그래."

로리는 친구들이 자기를 편하게 해주려고 노력한다는 걸 잘 알았다. 로리가 그 애들과 절친이 되고 싶어 한 이유였다. 하지만 가끔은 그 친절함 때문에 당황스러웠던 적도 있었다.

"아, 맞다. 이번엔 내가 핫초코 쏠 차례지?" 자이납이 지갑을 열면서 말했다. "카카오가 건강에 그렇게 좋대. 항산화 물질하고 철분하고 마그네슘이 잔뜩 들었대."

"그럼 케이크는 내가 살게." 에밀리아가 지폐 한 장을 꺼내며 말했다. “당 충전 좀 해야지.”

로리는 고개를 세차게 저었다.

“둘 다 고마워. 하지만 난 정말 괜찮아!” 그러고는 수돗물을 담은 컵을 들며 말했다. “내 취향 잘 알잖아! 난 H2O를 좋아해.”

로리는 이 학교에 와서 핫초코보다 찬물을 더 좋아하는 척해야만 할 줄은 꿈에도 몰랐다.

“뭐… 네가 그렇다면야.” 자이납이 에밀리아를 보며 말했다.

로리는 두 손으로 얼굴을 감쌌다. 얼굴이 마치 카운터에 진열돼 있는 타르트 위 체리만큼이나 빨개진 것 같았다.

“진짜야! 어서 줄 서.”

내가 지금 뭐 하는 거지… 절친이라고 해서 꼭 다 같이 카페에 와야만 하는 건 아닌데! 로리는 갈색 설탕 통이 놓인 나무 테이블과 분홍색 마시멜로처럼 생긴 쿠션이 이리저리 놓인 소파들을 둘러봤다. 이미 여러 학생들이 소파를 모두 차지하고 앉아 각자 핸드폰을 만지며 케이크를 먹고 있었다. 다행히 벽 바로 옆에 조금 기울어진 빈 테이블 하나가 있었다.

그 자리 옆에는 애니 브룩스와 조 피츠제럴드가 핫초코를 마시며 깔깔대고 있었다.

애니가 로리를 발견하고는 손을 흔들었다. 애니는 참 사랑스러운 아이였다. 크고 검은 눈을 가졌고, 감정이 정말 풍부했다. 킥킥대며 웃다가도 갑자기 최근 짝사랑 이야기를 하면서 흐느끼곤 했다.

짝사랑! 이 역시 중학교에 와서 겪게 된 새로운 일이었다. 초등학교 때와 달리 이 학교에서는 〈학교 이야기〉에서 누군가를 짝사랑하거나 누군가에게 반한 애들끼리 그룹을 만들어 모든 걸 공유하는 게 일상이었다. 로리에겐 그것도 몹시 부담스러웠다.

"안녕, 로리!"

로리는 깜짝 놀랐다. 같은 반 친구인 엘리엇 하비였다. 엘리엇은 키가 작고 호기심이 많아 꼬치꼬치 캐묻길 좋아하는 남자애였다. 늘 길고 납작한 조약돌을 마치 깔창처럼 한쪽 신발 안에 넣고 다니는데, 그래서인지 걸음걸이가 좀 어색했다.

엘리엇은 부식 실험을 하고 있었다. 6개월마다 조약돌의 무게를 재서 땀이 조약돌을 부식시키는 정도를 기록하는 것이다. 로리는 그런 엘리엇을 괴짜라고 생각했다.

엘리엇이 안경을 고쳐 쓰며 로리한테 물었다. "음악 성적 뭐 받았어?"

로리는 눈을 치켜떴다.

엘리엇은 다른 남자애들에 비해 대화하기 편한 상대이긴 하지만, 경쟁심이 많았다. 엘리엇과 로리는 최근 두 번째로 같은 팀이 되어 과학 시험을 봤고, 그 결과 91점을 받았다.

"89점."

엘리엇이 고개를 떨궜다. "난 87점."

"그것도 잘한 거야."

"내 유일한 오점이야."

"음…."

"실기 점수에서 밀렸어." 엘리엇이 안경을 닦고는 심각한 표정으로 말했다. "실기 시험에서 내가 작곡한 곡으로 지휘하려고 했거든. 물론 노튼 선생님이 날 싫어하기 때문이란 뜻은 아니지만…" 그러고는 고개를 저었다. "아무튼 망했어!"

"그랬구나."

심각한 척하자. 로리는 엘리엇이 왜 그렇게 매번 자기를 견제하는지 도통 그 이유를 알 수 없었다. 엘리엇에겐 평균 95점의 우등생인 자이납보다 로리를 이기는 게 더 중요한 모양이었다.

"그냥 음악 평가일 뿐이잖아."

엘리엇이 핸드폰을 꺼내 로리한테 외국어 학습 앱을 보여줬다. 스페인어 시험에 대비해 사용하고 있는 것이었다. 로리와 엘리엇은 한동안 색깔별로 칠해진 단어를 서로 체크하는 학습 놀이에 푹 빠졌다.

엘리엇이 핸드폰을 끄면서 말했다. "네가 졌어!"

로리는 어깨를 으쓱했다. "그러든지 말든지!"

그러고는 빈 테이블에 앉아 눈에 힘을 푼 채 카운터에 있는 레몬 드리즐 케이크를 바라봤다. 에밀리아의 말이 틀리지 않았다. 아이싱이 너무 두껍고 끈적끈적한 것처럼 보였다. 갑자기 배가 뒤틀리는 것 같았다. 에밀리아가 로리를 쳐다봤지만, 로리는 에밀리아가 기대감에 강아지처럼 침을 줄줄 흘리는 걸 보고 얼른 눈을 피했다. 다른 사람들도 에밀리아를 봤을까? 로리는 메뉴판 뒤로 얼굴을 숨겼다.

에밀리아가 와서 레몬 드리즐 케이크 접시를 테이블 위에 탁 내려놓았다.

“이거, 브라우니보다 나은 것 같아.”

자이납이 웃으며 말했다. “로리 네가 가장 좋아하는 거잖아.” 그러고는 로리한테 포크를 건네고 자기도 아주 조금 잘라서 입에 넣었다.

로리는 어쩐지 이상한 기분이 들었다. 에밀리아와 자이납은 고맙게도 너무 친절했지만, 자기 때문에 친구들이 하루 종일 먹고 싶다고 노래 부르던 브라우니 대신 레몬 드리즐 케이크를 사는 걸 바라진 않았다.

“정말 고마워, 얘들아. 케이크 너무 맛있어.”

에밀리아가 입술에 묻은 설탕을 쓱 닦으며 말했다. “그럼 이제 본격적으로 얘기해볼까? 대회를 어떻게 준비할까?”

“나한테 좋은 아이디어가 있어.” 자이납의 목소리가 들떠서 한 층 높아졌다. “사람들이 다들 따라 하려고 할걸?”

에밀리아가 얼굴을 찡그렸다. “난 그 숙제 아이디어 싫은데.”

“아침 스터디 클럽을 운영하는 거야!” 자이납이 말했다. “도서관에서 등교 전에 숙제를 도와주는 거지. 도서관은 그 시간쯤엔 사람이 거의 없으니까….” 그러고는 로리와 에밀리아를 번갈아 보며 물었다. “어때?”

“좋은 생각이야.” 로리는 격려의 미소를 지으며 말했다. “확실히 좋아하는 사람들이 있을 거야. 개인적으로 난 숙제 자체를 싫어하지만, 그래도…."

에밀리아가 포크를 공중에 흔들어대며 말했다. "이 대회랑은 안 어울리는 것 같아, 자이납."

자이납이 에스프레소 색깔의 머리카락을 찰랑이며 말했다. "하지만 '세상을 더 나은 곳으로 만들기'라는 취지엔 맞잖아. 다들 학교에서 각자의 목표를 달성하고 싶어 하니까 말이야."

"우린 사람들이 원하는 걸 줘야 해." 에밀리아가 반박했다. "공부 좋아하는 사람은 별로 없어. 미안, 자이납. 공부 좋아하는 사람들의 목표는 이뤄줄 수 있겠지. 하지만…."

자이납이 언짢은 표정을 지었다.

로리는 자이납의 기분이 상했을 때는 최대한 빨리 다른 주제로 전환해야 한다는 걸 알고 있었다. 그렇지 않으면 자이납이 계속해서 고집을 부릴 테니까….

"아이디어 자체는 괜찮아. 나라면 해볼 것 같아."

"고마워, 로리."

에밀리아가 다시 활기를 되찾았다. "모든 사람이 원할 만한 상품이 필요해. 우린 그걸 어필해야 하고…." 그러고는 카페 회전문 돌아가듯 한 바퀴 돌고서 말을 이었다. "모두가 좋아하는 저 애처럼 말이야."

에밀리아가 쳐다보는 곳을 향해 고개를 돌린 순간, 로리는 등에 식은땀이 났다. 카페 입구에 찰리가 마치 유명한 웰빙 브이로

거라도 되는 듯 광채를 발산하며 다른 아이들에 둘러싸여 있었기 때문이다. 주차장에서 마주쳤을 때보다 훨씬 에너지가 넘쳐 보여서 눈을 뗄 수 없었다. 로리의 몸이 떨렸다. 대회에 정신이 팔려 토요일 저녁에 있었던 끔찍한 사건을 잊고 있었다니.

에밀리아가 목소리를 낮춰 속삭였다. "누구든 저 찰리 슬로스한테 자기 걸 파는 데 성공한 사람이 이 대회에서 우승할걸?"

"근데 쟤는 뭘 저렇게 쳐다보는 거야?" 자이납이 말했다.

로리의 심장이 요동쳤다. 로리는 이 카페에 온 자기 자신이 미워지고 있었다. 물론 찰리가 로리를 잊었을 수도 있지만, 어쨌든 지금은 정확히 로리 쪽을 쳐다보고 있었다. 혹시 쓰레기통에서 건진 피자와 도넛을 떠올리고 있는 건지도….

"이쪽으로 오고 있어!" 에밀리아가 깜짝 놀라며 말했다.

로리는 아이스 큐브를 떠서 입에 넣으며 생각했다. 그날이 오늘이군. 쇼 타임.

"로리, 나랑 얘기 좀 할까?"

찰리가 테이블을 향해 고개를 까딱 기울이며 말을 걸었다.

자이납이 깜짝 놀란 표정으로 로리를 바라보는 탓에 로리는 더 마음이 불편해졌다.

"그래."

로리는 당황하지 말자고 마음속으로 되뇌며 자리를 옮겼다. 그냥 찰리한테 그날 쓰레기통을 뒤진 건 내가 맞고, 아무에게도 말하지 말아달라고만 하면 된다. 아무에게도. 그렇게 예의 바르게 말한 다음, 다시 자이납과 에밀리아가 있는 테이블로 최대한 빨리 돌아오면 끝.

"음료수는 없어?" 찰리가 물었다.

로리의 눈이 들고 있는 유리잔을 향했다. 찰리 앞에서 무료 수돗물이나 마시고 있을 수는 없었다. 로리의 머릿속에서 종이 댕댕 울리는 것 같았다.

"안 그래도 핫초코 주문하려던 참이야."

자이납과 에밀리아가 어리둥절한 표정으로 로리를 쳐다봤다.

로리의 손이 5파운드 지폐를 꺼내기 위해 가방 안으로 쑥 들어갔다. 지금이 바로 비상금을 쓸 때였다.

chapter 6

태어나서 이런 대화는 처음이었다.

"바로 본론으로 들어갈게." 찰리가 로리 쪽으로 몸을 숙이며 말했다. "네가 말한 홈메이드 뷰티용품이 맘에 들어."

로리는 마시던 핫초코를 하마터면 뱉을 뻔했다. 슈퍼마켓 쓰레기통에서 피자를 주워 먹는 걸 들킨 지 고작 이틀 후, 카페에 앉아서 찰리한테 이런 말을 들을 거라곤 상상조차 못 했기 때문이다. 로리는 찰리를 쳐다보며 어떻게든 대답할 말을 바삐 찾았다.

찰리가 상큼하게 웃으며 말했다. "표정이 왜 그래! 나 진지해. 난 잘될 제품을 알아보는 눈이 좀 있거든." 그러고는 핸드폰을 꺼내서 켰다.

"어떤 거?"

"에이! 너 참 재밌는 애구나? 뭔지 알면서."

로리는 혼란스러웠다.

"혹시 내 〈미녀와 부엌〉에 올린 걸 말하는 거야?"

"당연하지. 〈미녀와 부엌〉! 이름이 맘에 안 들긴 하지만. 꼭 미녀 얼굴이 냉장고일 것 같잖아. 암튼 그보다 중요한 건, 먹을 수 있는 뷰티용품이란 거지." 찰리가 테이블 위에 있는 설탕통을 들고 마치 덤벨 운동을 하듯 위아래로 움직이며 말을 이어갔다. "그게 바로 네 브랜드 정체성이고, 그게 사람들한테 먹힐 거야."

뭐라고?

로리는 그저 얼굴에 못된 화학 약품들을 바르고 싶지 않아서 부엌에서 뭐든 찾아 만든 것뿐이었다. 그게 로리가 의도한 '브랜드 정체성'이라고까지는 할 수 없었다. 그냥 펀과 함께 떠먹는 요구르트를 얼굴에 얹으면서 시작된 거였는데….

로리는 손목 냄새를 맡았다. 오늘 아침에도 직접 만든 블랙커런트 크럼블 보디오일을 바르고 왔다. 이 향을 맡으면 집 생각도 나고 왠지 마음이 차분해졌다.

"그리고 너, 저번에 포장재에 호두 껍데기를 쓴다고 하지 않았니? 그것도 멋져! 우리 아빠가 그러는데, 소매업체들이 플라스틱 때문에 정말 힘들어한다고 하더라. 요즘은 사람들이 기후변화에 신경을 많이 쓰니까 말이야. 그러니까 네 아이디어는 시대정신과도 잘 맞는다는 거지. 나도 그 향 맡아봐도 돼?"

로리는 팔을 뻗었고, 찰리가 코를 대고 향을 들이마실 때 찰리의 머리카락 한 가닥이 로리의 팔로 떨어졌다. 로리는 순간 두피에 소름이 쫙 돋았고, 왠지 간질간질한 게 어깨와 척추를 타고 내려오는 것 같았다.

"이 향은 블랙커런트 잎으로 만든 거라서 향수나 다름없어."

"나, 이거 알아. 네가 저번에 말한 푸딩 향수 시리즈 중 하나인 거지? 훗, 그렇게 놀라지 않아도 돼." 찰리가 핸드폰을 흔들며 말했다. "네 브이로그 다 보고 있었거든! 친환경 성분에 대해 무슨 논문이라도 쓰듯이 나열했더라. 그렇지만 네가 그렇게 아는 게 많다는 건 좀 멋졌어." 그러고는 미소를 지으며 말을 이었다. "만약 내가 총리라면 이런 법을 만들 거야. '중학교 자격시험에 뷰티에 관한 과목을 의무로 넣기'. 어떻게 생각해?"

"그런 게 생기면 네가 일등 하겠다."

로리가 생각한 말이 멈출 새 없이 입에서 툭 튀어나왔다. 로리의 얼굴이 이모지처럼 빨개졌다.

찰리가 카페 창문에 비친 자기 얼굴을 바라보며 말했다. "〈혁신가들〉 대회에 나갈 팀을 꾸려볼까 하는데, 넌 어때?"

"너랑 나랑?"

찰리 슬로스가 나랑 팀을 만들어서 대회에 나가고 싶어 한다고? 그럼 대회에서 우승할 수도 있겠다는 생각이 들었다.

찰리가 활짝 웃었다. "그래. 그런데 그냥은 안 돼. 네 아이디어를 제공해야지. 너 혼자면 우승해서 뷰티 사업가가 되는 건 상상 속에서나 가능한 일일 테니까."

로리의 머릿속에 한 장면이 떠올랐다. 대회 우승자가 되어 학교 강당의 연단 위로 계단을 올라가는 자신의 모습이.

"대답 잘해야 해! 딱 한 번만 물어볼 거야."

로리는 학교 점퍼 소매를 손까지 끌어내리고는 끝자락을 꼭 쥐었다. 에밀리아와 자이납이 자기를 어떻게 생각할지 걱정이 됐다. 에밀리아와 자이납이 팀을 어떻게 꾸릴지 구체적으로 말하진 않았지만, 분명 자기한테 뭔가 제안할 것 같았기 때문이다.

그리고 펀은 어쩌지? 레시피는 늘 둘이서 같이 만들었는데. 펀을 모른 척하고 나 혼자 제품을 팔 수는 없지 않나. 그래도 되는 걸까?

찰리가 다시 의자에 몸을 기대고는 두 손으로 깍지를 끼고 머리를 받쳤다.

"생각할 시간을 줄게."

"고마워."

"하지만 오늘 안으로는 말해줘."

의자 끌리는 소리가 들렸다.

자이납과 에밀리아가 코트를 입고 있었다.

나가는 길에, 자이납이 입 모양으로 '얘기 끝나고 전화해' 하고 말하며 로리한테 손을 흔들었다.

찰리가 마치 성공한 사업가라도 되는 것처럼 한숨을 쉬면서 말했다. "그냥 나랑 하자. 베스트 프렌드가 베스트 사업 파트너가 된다는 보장은 없어."

로리는 핫초코를 들이마셨다. 너무 달고 진득했다. 물을 좀 넣고 싶었다.

찰리가 활달하게 다시 말을 꺼냈다. "인플루언서라는 말이 좀 민망하긴 하지만, 그래도 좋은 게 좋은 거잖아." 그러고는 테이블에 팔꿈치를 올리고 로리를 진지하게 쳐다보며 말을 이었다. "그거 알아? 나, 네가 만든 제품을 내 얼굴에 직접 써보고 싶거든. 너도 네 제품을 쓰는 내 얼굴을 이용하고 싶어질걸!"

어떻게 알았지? 로리는 생각했다. 찰리는 재능 있고, 인기 많고, 패션 리더이고, 모든 면에서 단연 최고였다. 그런 애가 〈미녀와 부엌〉 제품을 써준다면….

"맞지? 그럼 같이 하는 거야."

"뭐라고?"

"한 팀 하자고."

찰리의 두 엄지손가락이 핸드폰 위에서 바쁘게 움직였다.

"그럼 '세상을 더 나은 곳으로 만들기' 어쩌고저쩌고하는 프로젝트에 '음식 낭비' 주제를 포함시킬게. 대회에서 우승하면 우리가 제일 좋아하는 뷰티용품 회사의 '직접 CEO가 되어보는 날'에 모두를 데려가겠다고 말하는 거야."

"그거, 내 평생 소원인데!"

로리의 머릿속은 자기 마음을 온통 사로잡고 있는 그곳의 이미지로 가득했다. 마치 스파 같기도 하고 연구실 같기도 하지만 그보다 훠~얼씬 더 멋진 곳. 셔벗 레몬 입욕제와 젤리 단지와 반짝이, 딸기, 초콜릿, 캐러멜, 바닐라, 크림 폭포수….

"우리 모두의 꿈이지."

찰리가 모자를 쓰고 머리카락을 정리했다. 이중으로 꼬아 아래로 늘어뜨린 머리카락은 마치 인어공주의 웨이브 머리 같아서 여성스러운 찰리의 외모에 딱 어울렸다.

"하지만 우리 둘이 함께하면, 현실이 되겠지."

로리는 숨을 크게 내쉬었다.

"정말 우리 둘이 같이 하면 우승할 것 같아?" 그러고는 재빨리 덧붙였다. "그러니까, 정말 사람들이 우릴 뽑아줄까?"

"못 뽑아서 안달일걸?"

찰리가 씩 웃었다.

chapter 7

2분쯤 지나서 로리는 카페를 나왔다. 걱정을 한가득 안고서. 로리는 이 사실을 에밀리아와 자이납한테 바로 말해야겠다고 생각했다. 사실대로 털어놓기 전까지는 아무 일도 손에 잡히지 않을 것 같았다.

핸드폰을 보니 〈학교 이야기〉의 1학년 단톡방에 수백 개의 메시지가 떠 있었다. 아이들은 요리 수업 때 팬케이크 만들기에 필요한 거품기를 도대체 누가 숨겼는지에 대해 한창 이야기하고 있었다. 그리고 음모를 꾸미길 좋아하는 헨리 에반스는 학교 매점에 있는 치즈 파니니가 고무로 만들어졌다고 유언비어를 퍼뜨리고 있었다.

로리는 다 건너뛰고 자이납과 에밀리아가 보낸 다이렉트 메시지를 열었다.

@자이납 무슨 일이야? 너 괜찮은 거지?

@에밀리아 무슨 일이야?

로리는 친구들한테 뭐라고 말해야 할지 생각이 떠오르지 않았다. 평소보다 늦게 버스를 탄 로리는 에밀리아, 자이납과 영상 채팅을 하고 싶었지만, 버스 안은 이미 사람들로 꽉 차 있었다. 결국 어린아이를 데리고 탄 엄마 옆에 꼼짝없이 서 있을 수밖에 없었다.

집 근처 정류장에 내린 로리는 길가에 있는 나무 밑에 멈춰 섰다. 어디서 영상 채팅을 해야 할지 잠시 고민이 됐다. 집에서는 하고 싶지 않았다. 자이납과 에밀리아가 벽에 무성하게 자라는 샐러드 채소들을 보면 어떻게 생각하겠어? 엄마가 퇴비 만드는 친환경 화장실을 만들어야겠다고 말하는 걸 듣기라도 하면?

로리는 자이납의 집을 떠올렸다. 깔끔한 화이트 톤의 벽, 반짝이는 부엌, 가게에서 사 온 과일 주스, 찬장에 가득 찬 과자 봉지들. 에밀리아의 아파트는 또 어떤가. 편안하고 포근한 실내, 에밀리아가 매일같이 먹는 특대 사이즈 핫초코 통….

로리는 신선하고 촉촉한 공기를 깊이 들이마셨다. 좋아, 일단 전화하자. 다른 일을 하느라 핸드폰 옆에 없을지도 몰라.

하지만 자이납과 에밀리아는 즉시 전화를 받았다.

에밀리아는 집 부엌에 있었다. 조리대 위의 조그마한 공간에 몸을 끼워 넣은 채 막대사탕을 물고 전화를 받았다. 자이납은 침실에 있었다. 깔끔하고 포근한 방. 정돈된 책상 위에는 노트북이 놓여 있었다.

"찰리가 뭐래?" 자이납이 물었다.

로리는 입이 말랐다. 마치 무슨 잘못이라도 한 사람처럼. 에밀리아와 자이납은 분명 화낼 친구들이 아닌데도 말이다. 왜 이렇게 긴장되는 거지?

"잠시만. 에밀리아 어디 갔어?"

에밀리아가 스파게티 소스 병을 들고 다시 나타났다. 에밀리아 엄마는 늦게까지 일을 하시기 때문에 에밀리아가 저녁을 직접 해 먹곤 했다.

"어서 말해봐!" 에밀리아가 말했다. "털어놔!"

로리는 최대한 조심스럽게 말을 꺼냈다.

"이거 좀 이상하게 들릴 수도 있지만, 찰리가 내 〈미녀와 부엉〉을 봤대. 그래서 그 아이디어로 같이 대회에 나가자고…."

자이납이 눈썹을 치켜세웠다. "뭐라고?"

"와우!" 에밀리아가 소리쳤다. "믿을 수 없어! 찰리 슬로스가?"

"너희도 놀랍지?"

"넌 싫다고 했겠지? 그렇지?" 자이납이 화면으로 얼굴을 들이밀며 물었다.

잠시 침묵이 흘렀다.

에밀리아가 미소를 지었다. "괜찮아, 로리."

"괜찮다고? 그렇게 되면 로리는 우리랑 다른 팀이 되는 건데, 괜찮다고?" 자이납이 눈살을 찌푸렸다.

"이번만이야!" 로리는 속이 상했다. 자이납이 왜 저렇게까지 흥분하지? "정말이야. 난 너희들하고 하고 싶었어."

"그럼 왜 수락했는데?" 자이납이 추궁했다.

로리는 이렇게 콕콕 찌르는 질문이 싫었다. 이렇게 나오면 무슨 말을 할 수 있겠어? 찰리와 함께 일하면 우승할 수 있을 것 같아서라고? 그렇게는 말할 수 없잖아!

"찰리 같은 애가 그렇게 나오는데 싫다고 할 수 없었어."

자이납이 말했다. "하지만 우린 팀으로 늘 잘해왔잖아."

"그냥 이번 대회만이야!" 로리는 최대한 조심스럽게 말했다.

"하지만 이번 대회야말로 우리가 팀으로 해볼 수 있는 가장 큰 대회잖아." 자이납이 반박했다.

"게다가 우승하는 팀은 학교 최고의 스타가 될 텐데." 에밀리아가 덧붙였다. "4D 프린터가 있으면 원하는 모양대로 초콜릿을 프린트할 수 있다는 거 아니? 그리고 솔직히 찰리 슬로스는 이미 유명하잖아."

자이납이 코웃음을 쳤다. "유명? 그럼 뭐해. 착하지도 않은데."

에밀리아가 고개를 갸우뚱했다. "착할 수도 있지." 그러고는 잠시 멈췄다가 다시 말했다. "걔가 예전에 고슴도치 보호구역을 위한 기금을 모으려고 집회까지 열었던 거, 기억 안 나?"

로리도 학교신문에서 찰리의 고슴도치 지원 활동을 다룬 기사를 읽은 적이 있었다. 물론 찰리가 그 기사에 대한 관심을 자연스럽게 자신의 새 헤어스타일로 유도한 후('내 작은 고슴도치 친구처럼 한쪽으로 뾰족하게 만들기!') 고슴도치들이 처한 위기에 관해서는 단 한 마디도 하지 않은 것도 기억났다.

자이납이 동의하지 못하겠다는 듯 코를 훌쩍였다. "그건 착해서가 아니라, 그냥 관심 받고 싶어서 그런 것뿐이야."

"나, 이만 가봐야겠어." 에밀리아가 말했다. "스파게티가 다 된 것 같아. 아무튼 난 로리가 그걸 원한다면, 그렇게 했으면 해. 그리고 자이납, 우린 내일 따로 만나서 어떻게 할지 이야기하자."

"그래." 자이납이 한숨을 쉬며 대답했다. "둘이서라도 해야지 뭐. 두 명이 하면 좀 더 집중이 잘 되겠지…."

로리는 은근히 약이 올랐다. 뭐야, 우린 늘 셋이서 다녔잖아. 왜 마치 셋이 있으면 집중이 안 된다는 것처럼 말하지?

에밀리아가 화면에서 사라졌다. 로리도 혼란스러운 마음에 재빨리 인사하고 통화를 끝냈다.

chapter 8

@스타일파일 제 오랜 꿈은 저만의 스킨케어 라인을 출시하는 거였죠. 이제 곧 시중에 나와 있는 그 어떤 제품보다도 더 좋고 더 멋진 제품이 나올 거랍니다. 제가 @미녀와부엉과 한 팀이 됐거든요. 뭐가 나올지 기대하세요. 오 예! 너무 흥분되네요!

며칠 후, 로리와 찰리가 한 팀이 되는 것이 정말로 현실이 되었다. 이 사실은 '공유하기' 버튼을 통해 일파만파로 퍼졌다. 효과는 즉각 나타났고, 로리는 살면서 처음으로 바깥세상에 자기 모습을 내보인 기분이었다. 하루아침에 모두가 로리의 이름을 알게 된 것이다. 여자애들은 로리의 〈학교 이야기〉 계정을 메시지로 공유했고, 로리는 수업 시간 전 사물함에 물건을 꺼내러 갈 때마다 엄청난 질문 세례에 답하느라 매번 지각을 했다.

지난달 〈미녀와 부엉〉 계정에서 본 것처럼 재 또 블루베리 보디 요구르트 팔 건가? 카카오 아이섀도는? 찰리는 볼에 뭘 바른 거

야? 오늘은 완전 복숭아색 글로를 발랐던데, 그것도 로리가 만든 걸까?

대회가 시작된 첫 주 수요일까지 팀 이름, 그리고 가능하다면 로고까지 만들어야 했다. 게다가 찰리는 돈을 왕창 벌려면 몇몇 제품들은 팔 준비가 되어 있어야 한다고 주장했다. 로리도 찰리의 의견에 동의했다. 왜냐하면 지금처럼 계속되는 질문 폭격에 대답하느니 제품을 하루라도 빨리 선보이는 편이 나을 것 같았기 때문이다.

로리가 뭘 만들어야 할지 고민하며 집으로 걸어가고 있는데, 바지 주머니에서 핸드폰이 울렸다. 핸드폰 화면을 밀어 보니, 찰리로부터 메시지가 와 있었다.

> **@스타일파일** 내일 학교 끝나고 카페에서 만나 마스크팩하고 모이스처라이저 이야기 좀 해보자. 이 두 개는 무조건 사고 보는 애들이 많거든.

로리는 무조건 사고 보는 애들이 많다는 게 정확히 무슨 뜻인지 몰랐다. 하지만 문득 어떤 생각이 머리를 스치고 지나갔다. 바로 '피부의 속삭임', 로리가 예전에 펀과 함께 만들었던 토마토 세럼이었다.

이 세럼의 장점은 이렇다.

1. 피부를 밝게 해준다.
2. 피로 회복에 도움을 주는 대체 불가한 제품이다.
3. 집에 토마토가 한 무더기 있다.

찰리가 '피부의 속삭임'을 진부한 아이템이라고 생각하면 어떡하지? 하지만 이건 기본적인 토마토 베이스 세럼이다. 반짝거리는 립글로스도 아니고, 알코올이 든 초콜릿 보디 밤도 아니다….

그래, 이걸로 추진해봐야겠다. 토마토, 옥수숫가루, 올리브오일. 재료는 금방 정해졌다. 좋은 피부 보호 제품이 될 거야. 게다가 '피부의 속삭임'은 피부가 빛나 보이게 하는 효과도 내잖아. 이런 생각을 하며 걸어가던 중, 로리는 핸드폰을 꺼내 〈학교 이야기〉에 접속했다. 〈혁신가들〉 대회의 심사위원 중 가장 유명한 에이미 델라미어가 올린 새 영상이 있었다. 로리는 재생 버튼을 눌렀다.

영상의 배경은 사람들로 북적거리는 쇼핑센터였다. 음악 리듬에 맞춰 에이미의 파란색과 주황색이 섞인 운동화가 나왔다. 에이미가 멈춰 서서 카메라를 정면으로 보며 이렇게 말했다.

"이 어려운 시기에 한 줄기 희망을 찾으러 오신 여러분. 비록 아직 어리지만, 힘든 시기이지만 당신의 존재를 증명하기 위해 이곳에 오신 여러분."

카메라가 아직 베일에 싸인 상점을 비췄다.

"당신이 바로 수백만 원을 버는 주인공이 될 수 있습니다."

말을 마친 에이미가 길거리를 돌아다니고 차츰 화면이 희미해지며 영상이 마무리됐다.

수백만 원! 로리는 뾰족뾰족 솟은 산사나무 울타리를 향해 손을 뻗으며 달렸다. 희디흰 꽃잎들이 우수수 쏟아져 내렸다. 뭐부터 살까? 로리는 상상했다. 내 손에 수백만 원이 주어진다면 말이야. 일단 카페에서 핫초코부터 시켜 먹고, 방학 때 해외로 가는 비행기를 예약해야지! 가족들과 함께 파도가 치는 해변에서 아이스크림을 먹으며 노는 장면을 상상하니 미소가 절로 나왔다.

하지만 그때, 부모님이 기후변화에 악영향을 주는 비행기는 절대 탈 수 없다고 주장했던 게 생각났다. 바다 건너 해외여행을 떠나자고 하면 당연히 부모님이 반대할 게 뻔했다. 에밀리아가 친척을 만나러 폴란드에 다녀온 이야기나, 자이납이 가족과 함께 이탈리아를 여행하고 온 이야기를 들을 때면, 로리는 몹시 속이 상했다. 자기도 어디든 해외여행을 가봤으면 하는 마음이 굴뚝같았다. 아, 그런데 프랑스는 기차를 타고 갈 수 있잖아. 부모님도 기차로 간다고 하면 좋아하시지 않을까….

핸드폰 화면에는 어느새 다른 클립 영상이 자동 재생되고 있었다. 무지갯빛으로 장식된 에이브릴 델라미어의 운동화가 클로즈업되고 있었다.

에이브릴이 발로 땅을 툭툭 치며 말했다. "누구나 놀라운 아이디어를 낼 수 있어요. 하지만 기업가들이 보통 사람들과 다른 점은 그 아이디어를 현실로 만들 수 있다는 거죠. 시작하세요! 영감을 퍼뜨리세요! 영향력을 퍼뜨리세요!"

로리는 이제 길 끝에 다다랐다. 왼쪽에는 소와 양 떼가 있는 넓은 들이 있고, 오른쪽에는 사과 과수원을 따라 완만하게 휘어진 길과 개울이 있었다.

로리는 집에 들어가자마자 '피부의 속삭임'을 바로 만들 생각이었다. 이제 아이디어를 현실로 만들어야 할 때였다.

복도로 들어서니 마늘, 생강, 간장 냄새가 코를 찔렀다. 이 냄새는 분명 아빠가 요리를 하고 있음을 알려주는 것이었다.

"로리 왔니?" 아빠 목소리가 부엌에서 들렸다. "마침 잘 왔다. 라임 잎 좀 뜯어다 줄래?"

"네."

로리는 계단 옆 나무에서 라임 잎 몇 개를 뜯었다.

"오늘은 두부국수를 만들 거야."

좋았어. 빨리 저녁 먹고 '피부의 속삭임'을 만들어야지. 대회가 끝나기까지 고작 3주도 안 남았다. 즉, 로리가 앞으로 제품을 만들어 영감을 주고 영향력을 미칠 수 있는 시간이 19일, 456시간 남은 것이다. 로리는 미소를 지으며 생각했다. 까짓 거 힘들어봤자지.

하지만 그날 저녁, '피부의 속삭임'을 제대로 만들 시간을 갖기란 거의 불가능에 가까웠다.

일단 랏지가 집 안을 엉망진창으로 만들었다. 랏지는 최신 가상현실 헤드셋을 테스트하고 있었다. 랏지가 광택이 나는 헤드셋을 끼고 하는 게임은 아무래도 열대우림 한가운데서 은색 딱정벌레를 잡는 게임인 것 같았다. 공중에서 짝짝거리며 손뼉을 계속 치느라 지나다니기가 힘들었다.

"잡았다!" 랏지가 로리의 머리 위 허공에 또다시 손뼉을 치면서 외쳤다.

로리는 랏지의 활동 무대에서 빠져나와, 아빠가 수제 두부를 가지러 식료품 저장고로 가는 동안 국수를 삶고 있는 냄비를 휘저어주러 갔다.

엄마는 부엌에서 멀리 떨어진 피아노 앞에 앉아 하루 동안 있었던 일에 대해 얘기하고 있었다. '요리와 책' 모임에 갔고, 그다음엔 도서관에 갔다가 커뮤니티 센터에 들러 사람들과 관심사를 나누며 음식을 만들었고, 유치원 아이들한테 쓰레기에서 쓸 만한 걸 찾는 일의 즐거움을 알려줬고…. 하지만 로리는 듣기 싫었다.

"로리, 거기 파 좀 넣어줄래?" 아빠가 소리쳤다. "그 옆에 파가 있을 거야."

로리는 국수를 저으면서 아빠가 뭐라고 하는지 반밖에 듣지 못했다. 온통 '피부의 속삭임'과 포장재에 대한 생각뿐이었다. 펀이 부엌에 들어오면 빈 생분해성 요구르트 통이 있는지 물어보기로 했다.

"언니!" 펀이 뒤에서 로리를 불렀다. "우리, 차 마시고 나서 홍보 전단 돌리러 나가기로 했어!"

"뭐라고?"

"기후변화 시위에 대해 사람들한테 알려주려고." 펀이 로리의 팔을 잡으며 설명했다. "그래서 홍보물을 만들었어."

엄마가 부엌으로 오면서 고개를 끄덕이며 말했다. "그걸 보면 사람들도 우리 시위에 관심을 갖게 될 거야."

아빠가 국수를 접시에 담으며 말했다. "일단 이거 먼저 먹고, 이따가 돌아와선 저걸 먹자." 그러면서 조리대에 있는 자두 파이를 머리로 가리켰다.

"파이 먼저 먹으면 안 돼요?" 펀이 달콤한 자두 즙이 흘러내리는 파이를 쳐다보며 말했다. "저게 더 먹고 싶어요."

"안 돼." 아빠가 펀한테 국수 그릇을 건네주며 말했다. "전단 나눠주는 건 쉬운 일이 아니란다. 저건 돌아와서 먹으면 더 맛있을 거야."

"로리, 랏지한테 저녁 먹으러 오라고 전해주겠니?" 포크와 물컵을 식탁에 내려놓으며 엄마가 말했다.

"다들 갈 거지?" 모두 식탁에 앉자 아빠가 말했다.

"죄송하지만, 전 안 갈게요." 로리는 중얼거리듯 말했다.

"뭐?"

"오늘 할 일이 많아서요." 로리는 펀의 팔에 손을 올리며 말했다. "펀, 미안해. 하지만…."

"뭐?" 펀이 충격을 받은 듯 로리를 쳐다봤다.

"로리, 아침 먹기 전에 숙제 다 했잖아?" 엄마가 말했다.

로리는 가슴이 조여오는 것 같았다. "숙제 말고요. 뷰티용품을 만들 일이 있는데 그건…."

펀이 끼어들었다. "나 알아! 그 대회지?"

로리의 얼굴이 화끈거렸다.

“네가 전에 〈미녀와 부엌〉 아이템 팔아도 괜찮다고 했잖아. 우리가 만든 레시피가 얼마나 좋은지 사람들한테 알리려고.”

“그 레시피를 쓰는 건 상관없어.” 펀이 슬픈 고양이 눈을 하며 말했다. “내가 슬픈 건, 이제 언니랑 함께하기 힘들어졌다는 거야.”

“무슨 소리야! 그 대회는 발표된 지 이틀밖에 안 됐어.”

아빠가 포크를 내려놓으며 말했다. “로리, 너도 음식 낭비 반대 캠페인이 좋은 계획이라고 했잖아.”

“그리고 전단 나눠주는 일은 한 시간밖에 걸리지 않을 거야.” 엄마가 쾌활하게 말했다.

“한 시간요?”

그럼 로리는 8시 이후에나 제품 만들기를 시작할 수밖에 없다.

“이런 활동에 참여하는 건 굉장히 의미 있는 일이야. 가훈을 기억해야지.” 아빠가 라크시 집안이 인생의 좌우명으로 삼자며 냉장고 위에 붙여둔 세 개의 단어를 가리켰다.

‘연결’, ‘공감’, ‘기여’.

로리는 짜증이 났다. 물론 저 세 단어가 인생에서 중요하다는 걸 알고, 당연히 저 가치에 따라 살고 싶었다. 하지만, 제발 좀! 로리는 극심한 좌절감이 밀려왔다. 우리 가족에겐 저것보다 더 필요해 보이는 게 있는데 말이다.

일단 현금.

그리고 초콜릿.

그리고… 로리는 더 일반적이고 평균적인 가족으로 살 수 있는 단어를 생각해내려 애썼다.

그래, 평범함!

현금, 초콜릿, 평범함. 이 세 단어가 저 단어들 대신 냉장고에 붙어 있다면 얼마나 좋을까?

"같이 가자. 만약 언니가 나한테 물어본다면…." 펀이 말했다.

"아무도 너한테 안 물어봐." 로리는 약간 짜증이 났다.

"이것도 공감하는 방법이야!"

로리는 먹은 국수가 도로 넘어오는 기분이 들었다. 지금 공감하는 중이잖아, 펀! 지금 한시라도 빨리 제품을 만들어내야 하는데도 공감하기 위해 이러고 있잖아. 엄청난 대회를 앞두고서도 말이지! 이젠 나한테 공감해주는 게 어때?

"이게 바로 공감하는 방법이야!" 펀이 화난 목소리로 말했다. "어떤 사람들은 음식이 없어 굶어 죽고 있는데, 또 어떤 사람들은 음식을 마구 버린다는 건 불공평해! 게다가 그 버려진 음식들을 만드느라 쓰인 에너지도 같이 낭비되는 거라고! 공감을 할 줄 아는 사람이라면 당연히…."

"내가 공감을 못 해서 참여 안 한다는 게 아니잖아. 당연히 나도 음식이 없어 굶는 사람들이 걱정돼! 난 지금 그냥 시간이 없을 뿐이야."

로리는 랏지를 쳐다봤다. 랏지는 가족 간에 말다툼이 있을 때면 늘 그렇듯 침묵을 지키고 있었다. 로리는 빨간 피망 조각을 하나 찍어 입에 넣었다. 랏지도 우리 가족이 얼마나 이상한지 알 때가 됐다. 이럴 때 랏지가 내 편을 들어주면 얼마나 좋을까.

"우리가 아무 때나 이렇게 부탁하지 않는 거, 너도 잘 알잖니." 엄마가 말했다. "게다가 너한테 지금 급한 숙제가 있는 것 같지도 않고."

"그건 맞지만…."

그때 심각한 표정을 짓고 있던 아빠가 말했다. "우린 네가 이번 주에 그 대회 준비를 충분히 한 줄 알았단다. 내내 핸드폰에 얼굴을 파묻고 있어서."

"하지만…."

"하지만은 없어." 엄마가 날카롭게 말했다. "우리 가족이 바깥 공기도 마시고 가족끼리 함께 움직일 수 있는 좋은 기회잖니."

로리는 의자 아래로 쭉 미끄러졌다. 이게 바로 불공평이지. 시위 준비를 돕는 것까지는 할 수 있지만, 그게 곧 전단을 집집마다 돌리러 다니겠다는 뜻은 아니었다.

로리는 다시 의자 위로 몸을 세우고, 접시에 남은 음식을 먹어치운 후 복도로 나갔다.

아빠가 옷걸이에서 겉옷을 꺼내고 있었다.

코트가 아니잖아. 로리는 속상했다.

오렌지색 파카. 저런 옷은 로리네 반 남자애들이나 입는 옷이지, 다른 아빠들이 입은 건 한 번도 본 적이 없었다. 제발 저런 옷은 법적으로 입을 수 있는 연령 제한이라도 있었으면 좋겠다는 생각이 들었다. '18세 이상 착용 금지' 같은.

"잔소리 그만!" 아빠가 껄껄 웃으며 목 바로 밑까지 지퍼를 올렸다. "패셔니스타 같지 않니?"

"그런 건 열네 살짜리 애들이나 입는 옷이에요, 아빠!"

로리는 속에서 천불이 나는 것 같았다. 아빠 친구인 톰 아저씨가 준 옷인데, 아저씨 아들이 늘 입고 다녔다고 한다. 그걸 아빠가 볼 때마다 멋져 보인다고 해서 아빠한테 준 모양이었다.

"따뜻해!" 아빠가 푹신한 파카를 두드리며 말했다. "게다가 이 옷은 피켓 라인에 서 있을 때 꽤 유용하단다."

"아빠, 솔직히 제가 보기에도 좀 그래요." 펀이 말했다. "오렌지색이 너무 밝잖아요! 아빠한텐 다른 색이 더 어울려요. 검정색 같은 거?"

엄마가 복도로 들어오면서 말했다. "젊어 보이네!" 그러고는 마치 재미있는 농담이라도 한 듯 깔깔거렸다.

"내가 옷을 제대로 입었나 보려고 패션 경찰들이 모인 것 같군." 아빠가 말했다. "그럼 이제 양말 속에 청바지 밑단을 욱여넣을 차렌가. 그리고 모자도 올리고…."

로리는 포기하고 말했다. "가요."

그날 저녁은 따뜻한 바람이 솔솔 불었고, 꽃잎들이 마치 색종이 조각처럼 나무에서 떨어져 흩날렸다.

로리 가족이 걸어가는 동안 펀은 아빠가 쓴 책 〈마음의 문으로 가는 길〉을 큰 소리로 읽었다. 로리 아빠는 국회의원 선거부터 학교 근처에 패스트푸드점이 생기지 못하게 막는 일까지, 이런저런 캠페인에 참여한 경험을 책으로 썼다.

"웃어라. 모든 이가 당신이 말하는 것에 반대하더라도. 또는 무례하더라도. 또는 당신 면전에서 문을 쾅 닫아도. 언제나 웃어라. 그러면 사람들은 당신이 말하는 캠페인 내용은 기억하지 못해도, 적어도 당신이 친절했음은 기억할 것이다!"

아빠가 그것 참 괜찮은 조언이라며 껄껄 웃었다.

엄마는 계속해서 버려진 음식을 먹기 이전에 애초에 버려지는 음식을 만들지 말아야 한다는 메시지를 어떻게 하면 사람들에게 더 널리 전할 수 있을지에 대해 이야기했다.

로리는 침묵을 지켰다. 논쟁을 하기엔 너무 피곤했기 때문이다. 엄마가 과연 중학교를 다녀본 적이 있는지 진심으로 궁금해졌다. 엄마가 학교에 다닌다면 친구들한테 점심은 쓰레기통에서 주워왔다고 당당하게 말할 수 있을지 알고 싶었다.

전단은 꽤 잘 만들어진 편이었다. 펀이 케이크, 과일, 샌드위치 그림을 그려 넣었는데 나름대로 괜찮았다. 로리는 집집마다 문틈으로 전단을 넣으면서도, 핸드폰이 진동으로 울려댈 때마다 마음이 불안해졌다. 핸드폰을 열고 대회에 관한 이야기를 읽을 때마다 심장이 빠르게 뛰었다.

@스타일파일 지갑을 준비하세요! 내일이면 우리의 특별한 제품이 나올 거니까요.

'특별한 제품' 같은 표현은 정말이지 사람들로 하여금 주목할 수밖에 없게 만든다. 그런 메시지는 '좋아요'를 정말 많이 받는다. 하지만 팔 제품을 아직 만들지 못한 로리에겐 엄청난 부담으로 다가왔다. 집에 돌아가서 제품을 만들 수 있을지조차 불분명했다. 엄마가 로리를 보면서 힘들어 보이니, 들어가자마자 자라고 했기 때문이다. 엄마가 그렇게 말할 때 반기를 들고 다퉜다간 본전도 못 찾을 게 뻔했다.

집에 돌아간 로리는 펀과 함께 이층 침대에서 푸딩을 먹었다. 푸딩을 먹고 나니 조금 활기를 되찾은 것 같고, 얼굴도 덜 피곤해 보였다. 이제 엄마한테 안 피곤하니 조금만 일하다 자겠다고 설득할 수 있을 것 같았다.

하지만 눈이 자꾸만 감겼다. 푸딩을 떠먹던 숟가락이 자꾸만 손에서 미끄러졌다. 로리는 잠시 눈을 감은 것뿐이라고 생각했지만, 곧 잠이 들어버렸다.

빨리, 빨리, 빨리!

다음 날 아침, 로리는 빠르게 계단을 뛰어 내려갔다. 아직 '피부의 속삭임'을 만들 시간이 있었다.

서둘러야 했다. 벌써 여덟 시였다.

로리는 부엌으로 뛰어가면서 최대한 긍정적으로 생각하려고 했다. 심지어 찰리와 함께 쉬는 시간에 제품 홍보 영상을 찍을까도 생각해봤다. 브이로그에 나오는 찰리의 첫 모습은 약간 지쳐 보이는 게 좋겠다. 좋아! 찰리가 지칠 시간이 언제쯤일까?

하지만 냉장고를 열었다가 등에서 식은땀이 흘렀다. 토마토는 다 어디 간 거지?

토마토는 '피부의 속삭임'의 기본이자 필수 재료다. 토마토에는 항산화 물질과 피부 미백을 돕는 비타민 C가 풍부하기 때문에 꼭 있어야 한다.

집에 분명 토마토가 무더기로 쌓여 있었는데! 심지어 엄마가 토마토 상자를 집에 가져왔을 때, 펀과 함께 이 정도면 토마토 던지기 축제를 해도 되겠다면서 깔깔거리기까지 했는데.

로리는 미친 듯이 주방을 돌아다니며 창가의 과일 바구니부터 냉장고 주변까지 모든 곳을 샅샅이 뒤졌다. 토마토는 없었다. 아무데도.

당황한 로리는 큰 소리로 외쳤다. "토마토 어디 있어요?"

"복도에 있지 않니?" 엄마가 위층에서 내려다보며 말했다.

"없어요! 거기 있는 것들은 아직 덜 익어서 초록색이라고요! 지난번 마트에서 주워 온 푹 익은 토마토를 찾고 있단 말이에요."

엄마는 답이 없었다. 머리를 말리는 헤어드라이어 소리가 들리는 걸 보니 소리쳐도 소용없을 것 같았다.

도대체 다른 식구들은 어디 있는 거야? 로리는 현관문을 열어봤다. 랏지가 가상 헤드셋을 쓴 채 나무 옆에서 요가를 하고 있었다. 랏지는 아마 자기가 해변에서 요가 하고 있다고 믿고 있겠지. 아빠는 출근 준비 중이었고, 펀은 아직 침대에서 자고 있는 듯했다.

로리는 밖으로 뛰어나갔다. 아빠는 긱 경제* 노동자들을 위한 노동조합을 운영하고 있는데, 오늘 아침엔 '노역장 말고 직장을!'이라고 쓰인 배너를 자전거에 붙이고 있었다.

"토마토는 다 어디 있어요?"

"랏지가 토마토케첩 만드느라 다 썼잖아. 기억 안 나?"

로리의 눈이 커다래졌다. 어떻게 그걸 까맣게 잊었지? 며칠 전, 랏지가 부엌을 온통 마녀가 증기 마법이라도 부리는 동굴처럼 만들어놓고서는 토마토를 잘게 썰고 끓이고 체로 걸러 진한 케첩 소스를 만든 적이 있었다. 그걸 콩소시지와 곡물로 만든 햄버거에 곁들여 먹었더니 정말 맛이 일품이었다. 하지만 지금은….

로리는 다시 안으로 뛰어들어가 식료품 저장고를 열었다. 선반에는 랏지가 만든 케첩 병이 잔뜩 쌓여 있었다. 로리는 소리를 지르고 싶었다.

"대체 이게 무슨 짓이야? 핵전쟁에 대비해 케첩 벙커라도 만들었나?"

"무슨 농담을 그렇게 하니?" 아빠가 부엌으로 걸어 들어오며 말했다. "거기 간 김에 한 병 꺼내줄래? 오늘 배달 기사 분들이

*Gig Economy. 정규직보다는 필요에 따라 계약직 혹은 임시직으로 사람을 고용하는 경제 형태를 일컫는 말.

하는 피켓 시위에 가야 하거든. 거기서 고맙게도 무료 햄버거를 나눠주는데, 솔직히 맛은 별로라서."

로리는 말없이 케첩 한 병을 꺼내 아빠한테 건넸다.

"고맙다. 그나저나 넌 토마토가 왜 필요한 거니?"

"수분 공급하고 각질 제거 때문에요. 그걸로 페이스 세럼을 만들어보려고요."

"그럼 복도에 있는 토마토를 따서 쓰면 되겠네. 익는 데 하루나 이틀이면 될 텐데."

"됐어요, 아빠. 지금 당장 필요한 거라서요."

로리는 갈수록 불안해졌다. 로리의 불안한 생각은 마치 남긴 음식에서 피어난 곰팡이 포자처럼 공기 중으로 떠다니면서 미친 듯이 번식하는 것 같았다.

엄마가 말린 머리카락을 휙휙 넘기면서 계단을 내려왔다.

"대체 왜 마지막 한 개까지 한 번에 다 써버린 거야!"

로리는 혼잣말로 그렇게 투덜거리고는 병에서 곡물 시리얼을 꺼내 입에 넣었다.

"그렇게 먹지 마." 엄마가 반사적으로 말했다. "그릇에 담아 먹어." 그러고는 오븐에 있는 시계를 봤다. "이런, 학교 갈 시간이 25분이나 지났어. 그렇게 여유 부릴 때가 아닌 것 같은데."

"25분요?"

이런, 큰일 났네.

로리는 침착하려 애썼다.

레시피에 따르면 토마토 껍질에 칼자국을 내고(날카로운 칼로 ×자로 금을 긋는다), 끓는 물에 넣어야 한다. 그게 기본적으로 토마토를 삶는 방법 아닌가? 그리고 케첩이란 게 뭐야? 결국 삶은 토마토로 만든 거잖아!

"아침 먹으려는 거면 엄마가 토스트 구워줄게. 하지만 갖고 나가서 버스에서 먹어야 할 것 같구나. 아니면 당밀 비스킷 먹을래?"

하지만 로리는 아침 따윈 상관없었다.

심장이 빠르게 쿵쿵거렸지만, 로리는 침착하게 케첩을 냄비에 담고 그 위에 오일과 옥수숫가루를 넣었다. 이것들을 잘 섞은 뒤 냄비를 챙겨 들고 서둘러 뛰어나갔다.

chapter 9

"당신을 설명하는 단어를 고르세요."

지금은 점심시간. 로리는 학교 도서관 책상에 기댄 채 에밀리아와 자이납한테 단어 목록을 읽어주고 있었다.

"1. 재미있다. 2. 관대하다. 3. 용감하다."

하지만 에밀리아는 빈 종이를 멍하니 보고만 있었다. 뭔가에 정신이 팔려 있는 듯했다.

"에밀리아, 정신 차려! 대회에서 어떤 향수가 가장 잘 팔릴지 도와주기로 했잖아."

"어, 미안. 재미있다, 낭만적이다…용감하다…라고? 그거, 벤 햄프턴 같은데!"

"그러네. 카디건 입는 거 보면 용감한 게 맞아." 자이납이 장난치듯 말했다.

에밀리아가 웃었다. "벤을 유혹하려면 향수가 필요할 거야, 그렇지?" 그러고는 의자에 무릎을 대고 말했다. "모두를 유혹할 만한 향은 과연 뭘까?"

"당밀 타르트 향?"

"오케이! 그거 좋겠다."

자이납이 웃으며 말했다. "그나저나 사랑 이야기로 돌아가서 로리 너, 아직 누구 좋아한단 말 한 번도 한 적 없지? 이제 누굴 좋아하는지 우리한테 말해줘. 우린 네가 엘리엇을 좋아하는 게 아닐까 싶었어. 너희 둘이 점수 가지고 하도 경쟁을 해서 말이야!"

"걔는 날 골리려고 작정한 애야. 사랑은 무슨!"

난데없는 사랑 이야기에 로리의 얼굴이 빨개졌다.

"사랑?" 에밀리아가 소리쳤다. "너희가 그런 진지한 사이였을 줄이야." 그러고는 팔을 들며 말했다. "에이, 그렇게 뚱한 표정 짓지 마! 그냥 농담한 거야."

"나도 알아. 미안."

실버데일 중학교에서는 마치 사랑에 빠지는 게 일상적인 일인 것 같았다. 하지만 그러려면 아무도 관심 갖지 않는 사람이어야 한다. 많은 친구들이 관심 갖고 있는 벤 햄프턴이나 대니얼 시드넘에겐 결코 다가갈 수 없을 것이기 때문이다.

"그나저나 너, 오늘 머리 예쁘다."

로리는 에밀리아의 머리카락을 쓸어 넘기며 화제를 돌렸다. 에밀리아는 학교에 오기 전, 2학년의 한 팀에서 제공하는 헤어스프레이 서비스를 받고 왔다. 네온핑크색이었다.

"내 머리는 너무 짙은 색이라서," 자이납이 윤기 나는 자기 생머리를 만지며 말했다. "핑크색을 해도 잘 안 나올 거야."

"나올 거야." 로리가 말했다. "내가 비트 뿌리로 만든 컨디셔너 레시피를 개발했는데, 왠지 네 머리에 효과가 있을 것 같아."

"오, 좋지!"

"생긴 게 커스터드 크림 같긴 한데, 머릿결이 훨씬 좋아질 거야."

"그럼 그거 받고 난 강아지 생일가방을 하나 줄게."

자이납과 에밀리아는 집에서 만든 일명 '홈메이드 강아지 비스킷'을 만들기로 했다고 한다. 당근과 귀리를 갈아서 비스킷을 만들고, 그걸 리본과 선물 태그를 단 강아지 생일가방에 넣어 파는 것이다. 자이납 엄마가 동물병원 데스크에도 좀 갖다 둘 거라고 하셨다니, 잘 팔릴 것 같았다.

"자, 다시 질문. 너희들, 낙천주의자니, 회의주의자니, 아님 현실주의자니?"

"현실주의자." 자이납이 말했다.

"낙천주의자." 에밀리아가 말했다.

로리는 '당신의 향기는 무엇입니까?'라는 질문이 나와 있는 화면을 아래로 스크롤했다. 로리는 온라인에서 한 조사를 바탕으로 이 질문들을 만들어두었고, 설문 조사 결과를 보고 향수를 만들기로 했다.

"너희들은 어떤 걸 좋아하니? 1. 아삭한 빨간 사과. 2. 바삭한 빵. 3. 감자 칩."

"이건 쉽네." 에밀리아가 답을 적으며 말했다. "난 사과를 좋아하니까."

"난 감자 칩." 자이납이 말했다.

"너희들이 좋아하는 활동은 뭐니? 1. 등산하기. 2. 숲 거닐기. 3. 수영하기."

"난 수영." 자이납이 말했다.

로리는 시계를 봤다. 점심시간이 거의 끝나가고 있었다. 오후에는 스페인어와 정보통신기술 수업이 있고, 수업이 다 끝나면 카페에서 찰리를 만나야 한다. 로리는 침을 꿀꺽 삼켰다. 차라리 영불해협을 수영해서 건너가는 게 오늘 일정보다 쉬울 것 같았다.

"오케이, 거의 다 됐어. 당신이 좋아하는 피자 토핑은? 1. 파인애플. 2. 치즈와 토마토. 3. 소시지."

"난 파인애플도 좋고 소시지도 좋은데!" 에밀리아가 말했다.

"그럼 나랑 펀이 만든 피자 먹으러 와. '완공시'에서…."

"어디?" 자이납이 물었다.

"아, 아무것도 아니야."

로리는 몇 가지 질문을 더 한 뒤에 점수를 냈다.

"에밀리아 넌 주로 대답이 1번이었어. 너를 가장 잘 나타낼 수 있는 향은 기분 좋게 해주고 편안하게 해주는 이국적인 믹스 향이야. 거기에 어울리는 재료는 라임과 코코넛이고, 그다음으론

카르다몸과 제라늄이지.”

“말만 들어도 좋은 향인 것 같아.”

“그리고 자이납, 넌 대부분 3번을 선택했어. 너를 가장 잘 나타낼 수 있는 향은 아쿠아 향이야. 레몬이나 라임같이 톡톡 튀는 시트러스 탑 노트랑 바질같이 깊은 향의 오일이 들어간 거지.”

“좋은걸.”

“덕분에 좋은 아이디어를 얻을 수 있었어. 고마워, 얘들아. 오늘 밤에 향수를 만들어야겠다. 만들면 너희들 것도 줄게!”

“고마워.” 자이납이 말했다. “하지만 꼭 무료로 주지 않아도 돼. 돈 내고 살게!”

“아니야, 괜찮아. 너희들이 도와줬잖아.”

“넌 무슨 향이야?” 에밀리아가 물었다. “네 것도 해봐야지!”

로리는 당연히 수십 번도 더 해봤다. 할 때마다 늘 같은 결과가 나왔다. 조사 결과에 따르면, 로리는 바닐라처럼 달달하고 따뜻하며 편안한 향이 어울린다고 한다. 하지만 친구들에겐 왠지 말하고 싶지 않았다. 왜냐하면 바닐라 향은 대체로 매우 평범하고 지루한 향으로 인식되기 때문이다.

그럼에도 로리가 바닐라 향을 정말 좋아하는 건 사실이었다. 로리에게 바닐라 향이란 마치 긴 여름날 정원에서 세상에서 가장 크림이 많고 부드러운 아이스크림을 먹거나, 아니면 포근한 겨울 저녁에 펀과 함께 파자마를 입은 채 난로 옆에서 크럼블과 커스터드를 같이 먹는 기분이랄까. 하지만 로리는 자기가 좋아하는 향이 바닐라 향보다는 우아하고 역동적이며 세심한 향이라고 말하고 싶었다.

"그래, 나도 해봐야겠다." 로리가 말했다.

찰리는 로리보다 먼저 카페에 도착해 있었다. 로리는 그 사실을 〈학교 이야기〉에 찰리가 올린 포스팅을 보고 알았다. 카페 바리스타가 거품 위에 코코아 가루로 하트를 그리는 장면이었고, 거기에 찰리는 이렇게 썼다.

@스타일파일 진하고 크림처럼 부드러운, 완벽한 중독성. 심장이 뛰는 좋은 기분... #핫초코! #목요일오후

로리가 카페 안으로 들어서자, 찰리가 "여기!" 하고 로리를 향해 소리쳤다. 마치 로리가 웨이트리스라도 되는 것처럼.

찰리가 옆에 있는 학생들을 가리키며 말했다. "너, 엘리스랑 올라 알지?"

로리는 미소를 지으려 했지만 목이 움츠러들었다. 엘리스와 올라는 찰리의 베프였다.

찰리는 최근 〈스타일파일〉 게시물에 '정말 자랑하고 싶은 친구들이 있답니다' 하고 올린 적이 있었다. 세 명이 같이 찍은 사진이었는데, 같은 브랜드의 각기 다른 색 티셔츠를 입고 있었다. '이 친구들은 제가 지금껏 만난 친구들 중 가장 큰 행복감을 주는 친구들이에요. 같이 있으면 더 빛나고 더 많은 영감을 받고 진짜 나

자신의 모습으로 있을 수 있답니다.'

"글쎄. 〈스타일파일〉 포스팅에서 본 적은 있어."

로리는 이미 찰리와 만나는 것만으로도 충분히 긴장했는데, 이 애들까지 함께 만나게 되니 정말이지 스스로가 계속 작아지는 기분이었다. 앞으로도 쭉 그럴 것 같았다.

"애들도 우리 팀에 합류하기로 했어."

"우리의… 뭐라고?"

"인플루언서, 트렌드세터, 브랜드 홍보 대사 등등 뭐든지 해줄 거야!" 찰리가 두 팔을 앞으로 뻗으며 말했다. "내가 같이 하자고 했어. 멋지지 않니?"

엘리스가 웃었다. "설득에 넘어갔지 뭐야."

찰리가 계속 말했다. "내 아이디어는 이래. 네가 이 친구들한테 제품을 주면 애들이 직접 사용해보고 학교에서 홍보를 할 거야. 생각해봐. 엘리스랑 올라 같은 애들이 소셜 커넥터가 돼서 우리 제품을 홍보해주는 것보다 더 좋은 아이디어가 어디 있겠니?"

"소셜 커넥터라니?"

"소셜 미디어와 실제 생활 무대인 학교 모두에서 영향력을 미치는 사람들을 말해."

로리는 이해가 잘 되지 않았다.

"물론 나만큼은 아니지만! 나도 알아!" 찰리가 웃으면서 말했다. "걱정 마. 내가 제품 홍보의 메인 얼굴이 될 거야. 그걸 엘리스랑 올라도 같이 하는 거고. 그럼 더 큰 마케팅 효과를 얻을 수 있지 않겠어?"

올라가 고개를 끄덕였다. "제품 홍보를 주 메시지로 할게."

올라의 포니테일은 엘리스와 똑같이 생겼는데, 엘리스의 포니테일은 왼쪽에, 올라의 포니테일은 오른쪽에 와 있는 게 다를 뿐이었다. 그리고 찰리의 포니테일은 가장 높이, 머리 꼭대기에 묶여 있었다. 로리는 혹시 이 셋이 아침마다 헤어스타일까지 서로 상의하나 싶었다.

"우린 찰리를 돕고 싶어." 엘리스가 노래 부르는 아기 같은 목소리로 찰리의 팔을 매만지며 말했다.

"너희들한텐 우리 멋진 제품을 무료로 줄게." 찰리가 친구들을 보며 말했다. "그리고 로리 너한테는 멋진 룩으로 꾸며주는 걸로 보답할게. 자, 이제 만들어온 걸 보여줘."

로리는 가방을 무릎까지 끌어올렸다. 로리가 잠시 주춤하는 사이, 찰리와 친구들은 자기 엄마들이 유명 연예인의 화장품을 사서 쓴 이야기를 나누기 시작했다. 로리는 이 셋이 우리 엄마 화장대를 볼 수 없다는 게 그나마 다행이라고 생각했다.

로리는 깊은 숨을 들이쉬고 말했다. "자, 이거야."

찰리와 올라, 엘리스가 서로 흥분된 눈빛을 교환했다.

"이건 '피부의 속삭임'이야." 로리는 한 사람당 하나씩 병을 나눠줬다. 그리고 남은 하나를 테이블 위에 놓은 뒤 말했다. "아주 간단하면서도 효과가 뛰어난 슈퍼 충전 세럼이야."

엘리스가 고개를 숙이며 말했다. "이럴 수가. 이게 뭐야?"

충격 받지 말자. 로리는 속으로 말했다. 별로 안 이상한데.

옥수숫가루가 뭉쳐져 있는 것 같았고, 위에는 기름방울이 떠 있었다. 마치 기름진 토마토케첩에 가루 덩어리를 넣어놓은 것 같았다. 로리는 나무 막대를 병 속에 넣고 부드러운 분홍색이 될 때까지 휘휘 저어줬다.

"토마토의 떫은 성분 때문이야."

올라가 앞으로 몸을 기울이며 말했다. "토마토 상태는 좋아 보여. 올리브오일의 부드러움이 느껴지는 것 같아."

엘리스가 코를 찡그리며 말했다. "하지만 뭔가를 생각나게 하는 냄새인걸."

로리는 마치 마법이라도 부리듯 엘리스의 코앞으로 병을 갖다 대고 흔들었다.

"이거 바르면 인스타그램 필터 씌운 것처럼 피부가 좋아질 거야."

그 말에 엘리스와 올라가 갑자기 관심을 보이기 시작했다.

로리는 찰리에게도 병을 건네줬다.

찰리가 냄새를 킁킁 맡아보고는 의심스러운 눈빛으로 바라봤다. 그리고 친구들한테 미소를 지으며 말했다. "하나, 둘, 셋!" 그런 뒤 로리가 젓고 있던 나무 막대를 갖다가 케첩을 찍어 얼굴에 발랐다. "대단해! 벌써부터 효과가 있는 것 같아."

찰리가 팔을 쭉 뻗어 핸드폰을 머리 위에 두고 셀카를 찍었다. 그리고 손가락으로 화면 위를 이리저리 휘젓듯 내용을 작성하고는 곧바로 〈학교 이야기〉에 게시했다.

즉시 모두의 핸드폰에서 알람이 울려댔다. 로리도 핸드폰을 확인했다. 찰리는 뺨을 빛나게 하는 황금색 하이라이트 효과를 줘서 따뜻한 색감으로 사진을 꾸민 뒤 올렸다.

@스타일파일 말 그대로, 당신의 얼굴을 변화시켜주는 '자연 성분' 스킨 세럼. 갖고 싶을걸? #DFTBA.

사람들이 로리네 테이블로 다가왔다.

"여기 좀 봐!" 어떤 여학생이 외쳤다. 저학년 하키 팀 주장으로 학교신문에 종종 나오는 리즈와나였다. "얘들, 여기 있었네!"

찰리가 얼굴에 케첩 몇 방울이 찍힌 채 당혹스러운 표정으로 리즈와나를 돌아봤다.

"어, 찰리잖아!"

누군가 외치는 소리에 3학년 소피도 이쪽을 돌아봤다.

"네가 올린 스킨 세럼 포스팅 봤어." 리즈와나가 말했다.

"멋진데? 지금 얼굴에 바른 그거야?" 소피가 속삭이듯 말했다.

"맞아."

찰리가 케첩에 달라붙은 머리카락을 떼고는 약간 혐오스러운 표정으로 로리를 쳐다보며 아주 조용히 말했다. 로리의 귀에도 거의 들리지 않을 정도로. "학교 매점 음식물 쓰레기통에 있는 찌꺼기 같아."

로리는 순간 들고 있던 요구르트 병을 떨어뜨릴 뻔했다.

"오늘 아침 부엌에 있는 신선한 재료로 만든 거야!"

찰리가 목소리를 더욱 낮춰 말했다. "알겠어. 하지만 기억해. 난 너희 가족이 어디서 쇼핑 하는지 다 알아. 〈미녀와 부엌〉이라고? 〈쓰레기통에서 나온 미녀〉라고 하지그래!"

로리는 배가 조여드는 느낌이 들었다. 마치 배 속에서 누군가가 음식 절단기라도 작동시키는 것 같았다. "어떻게 그렇게 말할 수 있어?" 로리는 숨을 헐떡이며 말했다.

찰리가 비열한 웃음을 지었다. 그리고 마치 아무 말도 하지 않았던 것처럼 표정을 바꾸더니, 등을 돌려 천사 같은 미소를 지으며 친구들한테 말했다. "이게 바로 피부 천사야."

"속삭임이야." 로리가 즉시 바로잡았다. "피부의 속삭임."

"천사야!" 찰리가 단호한 말투로 말했다. 그런 다음 팔을 내밀고 사진 찍는 포즈를 취했다. "자, 소중한 내 얼굴을 위한 새 베프를 만날 준비를 하시죠!"

와우. 로리는 속으로 감탄했다. 찰리는 환한 표정에 자신감이 넘쳤고, 사람들 앞에서 말을 정말 능숙하게 잘했다. 조금 전 로리한테 보였던 비열하고 무례한 모습과는 전혀 딴판이었다.

"그거, 근데 어디서 사?" 소피가 물었다.

"여기서 만든 거야?" 리즈와나가 물었다.

찰리가 테이블 위에 있는 병을 가리켰다.

"이거, 혹시 내 동생한테 줘도 돼?" 소피가 물었다.

소피한테 병을 건네줄 때, 로리의 손이 떨렸다.

또 다른 학생들이 다가왔다. "나도 줘!" 다들 찰리를 아는 것 같았다.

찰리가 말했다. "여기 몇 개 더 있긴 해." 그러고는 몰려온 학생들한테 병을 나눠줬다.

리즈와나가 말했다. "멋지다. 하키 경기를 할 땐 바람이 꽤 차갑거든. 마침 얼굴을 보호할 게 필요했어."

소피가 웃으며 말했다. "내 피부가 찰리 너처럼 된다면 평생 고객이 될 수도 있어."

다들 깔깔대며 웃었고, 즉시 병에 든 세럼을 손가락으로 얼굴에 찍어 바르기 시작했다.

잠시 후, 리즈와나가 말했다. "오, 그런데 약간 냄새가 톡 쏘네." 그러고는 손으로 얼굴을 감쌌다. 라즈와나의 눈에 눈물이 고이기 시작했다.

"금방 효과가 나타나는 성분으로만 돼 있으니까." 찰리가 부드럽게 말했다. "그게 바로 이 세럼이 효과 있다는 증거야." 그러고는 로리를 쳐다보며 물었다. "뭐가 들었다고 했지?"

로리는 망설였다.

"토마토하고 또?" 찰리가 재촉하듯 물었다.

"올리브오일. 그리고 신선한 허브 잎도."

잠깐, 허브 잎이 들어간 게 맞나? 로리는 랏지가 케첩을 만들 때 벽에서 바질 잎을 따 오는 걸 봤다. 그리고… 자기 트레이드마크인 고추도.

오, 이런.

맞다, 케첩에 고추가 들어간 거야!

로리의 심장이 빠르게 뛰다 못해 마치 불타오르는 것 같았다. 이 토마토케첩에는 고추가 들어 있는 게 분명했다. 랏지는 자기가 만드는 모든 음식에 고추를 넣으니까. 심지어 아침에 먹는 시리얼에도 뿌릴 정도로. 리즈와나의 얼굴이 따가운 건 그 때문이었다. 방금 바른 리즈와나가 따가움을 느꼈다면, 아까부터 바르고 있었던 찰리의 볼도 분명 따가울 것이다.

당황하지 말자. 로리는 속으로 생각했다. 침착하자. 로리는 고추에 대해 읽거나 들은 적이 있는 좋은 점을 무엇이든 생각해내려고 노력했다. 고추 좀 바른다고 죽거나 잘못되지는 않는다. 그렇지 않다면, 그러니까 만약 위험하다면 포장지에 부작용에 대한 주의 문구가 있어야 할 텐데… 그런 건 없지 않나?

"왜 그래?" 찰리가 날카롭게 물었다.

"이제 닦아내야 해." 로리는 아무렇지 않은 듯 말했다. "어서 닦아! 잠깐만 바르고 있어야 제일 좋단 말이야!"

다들 로리만 남겨두고 화장실로 사라졌다.

로리는 급히 핸드폰을 들고 '고추를 얼굴에 발라도 되나'를 검색했다. 얼굴에 고추를 바르라고 권장하는 글은 없었지만, 그게 위험하다는 글도 없었다. 검색된 페이지 아래쪽에서 로리는 고추와 후추로 만든 마스크 레시피를 소개하는 한 뷰티 블로거의 글을 읽었다. 고추에 있는 항염증 성분이 여드름을 가라앉게 해주고 혈류를 자극하는 데 도움이 될 수 있다는 내용이었다. 물론 필터를 사용했을 수도 있지만, 영상을 올린 블로거의 살결이 꽤 괜찮아 보였다.

어쨌든 찰리와 친구들이 다시 자리로 돌아왔을 때, 다들 아까보다는 훨씬 기분이 좋아 보였다. 게다가 벌써 13개나 주문이 들어왔다고 찰리가 말했다.

소피가 지갑을 꺼내며 말했다. "이거 얼마야?"

"어디 보자." 찰리가 소피와 리즈와나의 어깨를 가볍게 매만지며 말했다. "3파운드. 특별 할인가야. 지금 주문하니까 그 가격에 주는 거지, 나중엔 5파운드에 사야 해."

5파운드! 지금 농담하나? 그 가격이면 아무도 케첩에 오일과 물과 옥수숫가루를 섞은 걸 사지는 않으려 할 텐데. 로리의 친구들은 당연히 살 수 없을 테고. 1학년에겐 할인해주는 쪽으로 찰리와 얘기 좀 해야겠다….

가격을 전해 들은 학생들은 다시 자기 테이블로 돌아가거나 킥킥 웃으며 카페를 나갔다.

로리의 심장이 마구 뛰었다. "기억해. 이건 초강력 세럼이라는 거. 최대 60초 동안만 발라둬야 해. 그 이상 두면 안 돼!" 로리는 자기가 긴장한 걸 들키지 않기 위해 테이블 가장자리를 잡고 겨우 말했다.

이게 〈학교 이야기〉에 게시되면 어떤 일이 벌어질까. '누군가 고추 토마토 케첩을 3파운드에 팔았다. 그리고… 세상에, 그걸 산 사람이 있다.'라고 쓰려나.

잠시 후, 찰리가 로리의 등을 치며 말했다.

"뭘 걱정하는 거야!"

그러고는 히죽거렸다.

"이거 완판될걸?"

chapter 10

@학교이야기 카운트다운! 첫째 주의 마지막, 금요일입니다! 판매를 시작하기에 좋은 요일이죠! 어서 나가서 제품을 홍보하세요!

다음 날, 로리가 학교 정문에 도착했을 때 에밀리아가 뛰어와서 말했다. "너, 어디 있었어? 우리, 일찍 보기로 했잖아. 자이납도 안 보여."

운동장은 학생들로 바글바글했다. 로리는 주변을 둘러봤다. 평소 때의 운동장은 학생들이 버스 정류장에서 내려 핸드폰에 고개를 파묻은 채 학교 안으로 들어가는 길일 뿐이다. 하지만 오늘은 〈혁신가들〉 참가 팀들이 지나가는 사람들한테 뭔가 사고 싶은 게 없냐고 묻고 있었다. 로리가 도착했을 때는 이미 사람이 너무 많았다.

"좀 먹을래?" 에밀리아가 로리한테 시금치 튀김을 건넸다. "이거 2학년 팀한테서 샀어." 그러면서 매운 스낵을 팔고 있는 알렉스 팀을 가리켰다. "레몬 즙하고 같이 먹어봐. 맛있어."

"대추야자입니다!" 조가 외쳤다.

"세 개에 단돈 1파운드!" 애니가 로리 옆에서 쟁반을 들이밀었다. 속은 소스가 차 있고, 카카오에 싸여서 섬세한 식용 꽃잎으로 꾸며진 대추야자를 보니 로리의 입에 침이 고였다.

"맛있어 보이네."

"오 예, 세 개 샀다." 에밀리아가 추르릅 소리를 내며 말했다. 어느새 에밀리아의 손에는 딸기 스무디가 들려 있었다.

도대체 에밀리아는 돈이 얼마나 많은 거야? 로리는 속으로 부러움과 싸우고 있었다. 에밀리아가 돈이 없었으면 하는 게 아니라, 나한테도 조금만 있었으면 하는 마음이었다.

하지만 부모님께 대추야자 살 돈을 달라고 하면 무슨 말을 할지 뻔했다. 로리는 속상했다. 대추야자 아니면 블루베리 머핀이라도 살 수 있었으면… 아니면 반짝이 슬라임이라도.

뭐라도 제발….

로리의 눈에 다른 것들도 들어오기 시작했다. 예쁜 토핑이 올려진 토스트, 맞춤형 제작 문구용품, 코딩 레슨, 춤 워크숍, 드론 대여. 게다가 '빛나는 눈송이' 프로젝트도 있었다. 일종의 멘토링이나 우정 이어주기 같은 건데, 저학년 학생들과 고학년 학생들을 이어주고 매주 모임을 할 수 있게 해주는 프로젝트였다.

에밀리아가 손가락으로 그쪽을 가리켰다. "저거 좋아. 1파운드만 내면 되는데, 저 팀은 수익을 정신건강 자선단체에 기부하기로 했대. 난 아까 했어.” 그러고는 목소리를 낮춰 말했다. “벤 햄프턴하고 짝이 되고 싶어서!”

3학년인 벤 햄프턴은 흑인으로 키가 큰 데다 사람의 영혼을 사로잡는 눈을 가졌고 스타일 또한 멋졌다. 벤은 양털 같은 학교 점퍼 대신 매일같이 니트 카디건을 입고 다녔다. 다른 남학생이 입는다면 할아버지처럼 보이겠지만, 벤이 카디건을 입으면 니트웨어의 새로운 트렌드라도 연 것 같았다.

“아마 안 되겠지만, 해보는 거지 뭐.” 벤이 주변을 지나가는 걸 보면서 에밀리아가 한숨을 쉬었다.

로리는 얼굴을 찡그렸다. 벤이 찰리한테 반했다는 소문이 돌고 있었기 때문이다. 벤과 찰리가 점심시간 배식 줄에 나란히 서 있는 걸 봤다는 말도 들었다. 벤을 만나고 싶다는 이유만으로 ‘빛나는 눈송이’를 해야 하는지는, 글쎄….

로리는 건너편을 바라봤다. 자이납이 체육복 티셔츠를 흔들고 있는 3학년 여학생 팀 쪽에서 걸어오고 있었다. 그 여학생들 중 한 명은 이런 문구의 피켓을 들고 있었다. ‘티데이트 아니면 데이트는 없다!’

“자이납!” 에밀리아가 소리쳤다. “티데이트가 대체 뭐야?”

자이납이 서둘러 다가왔다. 대추야자를 거의 다 판 애니와 조도 함께 왔다.

“별거 아냐.” 조가 말했다. “체육 시간이 끝나고 땀에 흠뻑 젖은 체육복 티셔츠를 티데이트 팀한테 주면, 티데이트 팀이 박스 안에 티셔츠를 넣게 해줘. 그리고 익명으로 처리돼."

"그럼 다른 티셔츠 냄새도 다 맡을 수 있어." 애니가 말했다. "좀 더럽게 들리긴 하겠지만…."

"그래도 과학적으로 증명된 이야기야." 자이납이 진지하게 말했다. "가장 끌리는 냄새를 고르게 해준대. 또는 가장 덜 공격적이라고 느껴지는 냄새를…."

"그 냄새의 주인이 바로 완벽한 짝이라는 거지!" 애니가 농담처럼 말했다.

"땀에서 나오는 페로몬 때문이래." 자이납이 말했다. "실제로 가장 잘 맞는 짝한테 냄새로 끌린다는 건 이미 알려져 있는 사실이야. 그래서 자기네 서비스가 학교 전체에서 나랑 가장 잘 어울리는 사람을 찾는 데 도움이 된다는 거지."

"너 해봤다며, 그렇지?" 에밀리아가 씩 웃으며 말했다. "비밀 아니지?"

자이납이 왠지 흥분한 듯이 말했다. "내가 누구 걸 뽑았는지 너희는 상상도 못할걸!"

로리는 웃음이 나왔다. "글쎄, 알 것 같은데. 지금도 대니얼 시드넘을 쳐다보는 걸 보면."

자이납이 얼굴을 붉혔다. "족집게네."

그때 아침 조회를 알리는 종이 울렸다.

교실로 향하면서 애니가 말했다. "그런데 솔직히 남의 겨드랑이 냄새 맡는 게 그렇게 좋진 않아."

에밀리아가 코를 찡그렸다. "생각만 해도 우웩."

"맞아. 토가 나올 지경이야." 사물함을 지나면서 조가 말했다. "그 냄새 맡고 점심 때 먹을 오렌지 껍질을 벗겨서 바로 냄새를 맡았다니깐."

순간 로리의 머릿속에 좋은 아이디어가 떠올랐다. 사람들이 티데이트 팀에 가서 냄새를 맡을 때, 그 옆에서 향수를 팔면 어떨까? 수박, 라임, 아니면 장미 향! 그리고 티데이트에 참여한 후에 향수를 구매하는 사람에겐 할인을 해주는 것도 좋은 방법일 것 같았다.

점심시간이 되자 학교도, 〈학교 이야기〉도 시끌벅적해졌다. 로리가 만든 '피부의 속삭임'이 독성이 강하고 위험하다는 소문이 퍼졌기 때문이다.

@스타일파일 설명해봐.

찰리가 소피가 게시한 여동생 얼굴 사진을 공유했다. 소피 여동생의 뺨이 빨개져 있었고, 그 밑에 이렇게 쓰여 있었다.

@알피 이제 누구 얼굴이 #불타는얼굴이려나, 응?

로리는 그 포스팅을 보고 당황스러워서 머릿속이 하얘졌다.

재빨리 답장을 했다.

@미녀와부엌 미안. 실수로 고추가 들어갔어.

@스타일파일 뭐라고? 어떻게 그런 멍청한 짓을 해?!!! 나만 그런 줄 알았는데. 우리 엄마가 쓰는 스킨케어 크림을 어젯밤에 발랐더니 그제야 괜찮아지더라. 빨리 수습해. 당장.

@미녀와부엌 알겠어. 나 지금 복도에 있는데 올래?

@스타일파일 나 지금 학교 아니야. 교정기 조여야 해서 치과 왔어. 혼자 알아서 해.

그때 리즈와나와 소피가 로리의 팔을 잡았다.

"안녕! 무슨 일이야?"

"무슨 일이냐고?" 리즈와나는 왠지 화난 표정이었다. "무슨 일인지 모르겠지만 그 세럼을 발랐더니 밤새 피부가 타는 것 같았어!"

"뭐라고?" 로리는 입 안이 바짝바짝 말랐다.

소피가 소리쳤다. "내 이마는 아직도 따끔거려!"

"이제 솔직히 털어놔." 리즈와나가 말했다. "세럼에 대체 뭘 넣은 거야?"

로리는 차분하게 말하려고 노력했다. "내가 만든 제품은 부엌에서 찾을 수 있는 걸로만…."

"부엌엔 살균소독제도 있어." 리즈와나가 소리 질렀다. "설마 그런 걸 얼굴에 바르라고 넣진 않았겠지?"

"당연히 아니야!" 로리의 심장이 마구 뛰었다. "내가 말한 건 토마토, 레몬 같은…."

"당연히 식재료지." 에밀리아와 함께 교실에서 나온 자이납이 리즈와나를 똑바로 쳐다보며 말했다. "무슨 말인지 잘 알면서 왜 그래?"

"무슨 일이야?" 에밀리아가 말했다.

"〈학교 이야기〉에 올라온 독성 얼굴 세럼 이야기 다 봤어." 자이납이 말했다. "애들이 다들…."

"화가 났지! 그래, 정말 화났어." 소피가 말했다. "엄마가 내 동생 얼굴을 보더니 애프터 선크림을 발라줬는데, 그러고도…."

"애프터 선크림이라고?"

그거였다! 이 애들이 원하는 게. 말하자면 '애프터 고추'가 필요한 거였다!

로리의 점심 도시락에 떠먹는 코코넛 맛 요구르트가 들어 있었다. 요구르트는 고추 성분을 중화시켜주고 씻어내기도 편리하다! 로리는 안도감을 느꼈다. 이제 해결책을 찾았다.

"무료로 케어 세럼을 줄게. 운동장 옆 벤치에서 봐."

아이들이 가고 나서 로리는 '피부의 속삭임'을 사용했다가 문제가 생긴 사람들한테 케어 세럼을 나눠주겠다는 글을 〈학교 이야기〉에 올렸다. 그리고 친구들한테 도시락으로 뭘 싸 왔는지 물어봤다.

로리가 벤치에 도착했을 때, 이미 많은 아이들이 와 있었다. 로리는 떠먹는 코코넛 맛 요구르트에 엘리엇이 도시락으로 싸 온 바나나와 자이납이 싸 온 딸기를 스푼으로 으깨 넣었다. 또 애니가 병에 넣어 가져온 캐모마일 차를 넣어 묽게 만들었다.

"리즈와나, 여기 앉아볼래?"

로리는 리즈와나의 앞머리를 올리고 섞어둔 요구르트를 스푼으로 얼굴에 발라줬다.

"이건 '라씨* 레스큐'라고 해. '피부의 속삭임'처럼 강하고 효과가 빠른 세럼을 사용한 뒤에 바르면 피부를 부드럽게 해주고 진정시켜주는 역할을 해."

"정말 괜찮아지는 것 같아." 리즈와나가 훨씬 진정된 상태로 핸드폰을 보며 말했다. "찰리도 이게 바로 우리한테 필요한 거라고 썼네."

로리는 핸드폰 화면을 넘겨봤다.

@스타일파일 '피부의 속삭임'은 아주 강렬한 세럼입니다. 혹시 진정이 필요하면 @미녀와부엌에서 알린 것처럼 운동장 옆 벤치에서 애프터케어 서비스를 받아보세요.

*Lassi. 걸쭉한 요구르트에 물, 소금, 향신료 등을 섞어서 거품이 생기게 만든 인도의 전통 음료.

휴… 로리는 생각했다. 다행이야.

"다음은 나야." 소피가 말했다.

그후에도 찰리의 게시물을 본 여학생들이 몇 명 더 와서 애프터 케어 서비스를 받겠다고 했다. 리즈와나가 그 장면을 핸드폰으로 찍어서 〈학교 이야기〉 계정에 올렸다.

"몇 분 안에 얼굴을 씻어야 해." 로리가 말했다. "씻는 거 깜빡 잊고 누가 스무디 엎은 것 같은 얼굴로 다음 수업에 들어가지 말고."

"당연하지." 리즈와나가 말했다.

"오, 이거." 모자가 달린 코트를 입은 2학년 남학생이 말했다. "나도 '피부의 속삭임'인지 뭔지 써보고 싶은데. 남은 거 있어?"

"아니!"

로리는 재빨리 대답했다. 제발 이 불타는 케첩 세럼을 더 이상 아무도 안 쓰길 바랐기 때문이다. 음식을 낭비하는 건 좋지 않지만, 이런 경우에는 남은 걸 버리는 게 낫다.

"나 있어!" 소피가 갑자기 가방에서 병을 꺼냈다.

"안 돼! 이건 정말 강력한 세럼이라구! '피부의 속삭임'은 이제 잊어버려!"

하지만 너무 늦었다. 아이들이 서로 자기한테 달라며 소피한테 다가갔다.

"나 먼저." 코트 입은 남학생이 말했다.

"다들 1분 있다가 씻어야 해! 사실 30초면 충분해!"

하지만 상황은 더 안 좋아졌다.

"난 30초 이상 할 거야!" 한 2학년 여학생이 반짝이는 머리핀을 만지면서 말했다. "나도 좀 줘."

로리는 그 여학생이 누군지 몰랐지만, 자기 일을 일부러 망치러 온 학생은 아닌 것 같았다.

"나도 도전!" 코트 입은 남학생이 케첩 세럼을 얼굴에 바르고 핸드폰을 들어 올렸다. "〈학교 이야기〉에 라이브 스트리밍 할 거야. 해시태그는 #불타는얼굴챌린지."

그러고는 1분 30초 정도 버티다가 얼굴에 생수병 물을 부었다.

"이거, 작년에 참가한 하이킹 대회에서 얼굴에 진흙 묻었을 때보다 훨씬 따갑잖아!"

반면, 반짝이는 머리핀을 한 여학생은 1분 50초 정도를 버텨서 주위의 환호를 받았다. 그후, 너도 나도 1분 50초 기록을 깨기 위해 달려들었다.

로리의 심장은 계속해서 쿵쿵 뛰었고, 오후 수업을 알리는 종소리가 울릴 때까지 그 자리에 있기 힘들어졌다. 모든 게 너무 버거웠다. 오직 집에 갈 시간만 기다렸지만, 해시태그는 로리가 처음에 상상했던 것보다 훨씬 더 복잡해졌다. 로리는 '피부의 속삭임'이 지금 어떤 해시태그로 게시되어 퍼져나가고 있는지(프리미엄 스킨케어 제품 대신에 고추 팩이라니!) 찰리가 알면 어떻게 나올지 두려웠다.

"이것 좀 봐!" 에밀리아가 자이납과 함께 로리를 버스 정류장으로 데려다주는 길에 외쳤다. 그러면서 로리의 눈앞에 핸드폰을 들이밀었다. "벤 햄프턴도 #불타는얼굴챌린지를 했어!"

벤의 뺨을 확대한 작은 클립도 있었는데, 벤이 뒤에서 비쳐드는 햇빛을 배경으로 환하게 웃고 있었다. 이 클립이 올라온 지는 2분 정도 되었는데, 벌써 30개가 넘는 '좋아요'와 '공유하기'를 받았다.

그리고 '좋아요'와 '공유하기'가 많아질수록 그게 실제 판매로 이어졌다. 로리는 얼마나 많은 케첩 세럼 주문이 들어오는지 직접 보고도 믿을 수가 없었다.

로리의 핸드폰이 울렸다. 찰리한테서 메시지가 와 있었다.

@스타일파일 잘했어! #불타는얼굴챌린지 대박이야! 이게 바로 내가 말한 마니아 제품이야.

로리는 주말이 되어서야 향수를 만들기 시작했다. 금요일 밤에는 '피부의 속삭임'이 날개 돋친 듯 팔리는 바람에 밀린 숙제를 하고(엘리엇한테 뒤처지긴 싫으니까) 기후변화 시위를 위한 펀의 아이디어를 도와줬다.

일요일 오후, 로리는 펀한테 향수를 만드는 걸 도와달라고 부탁했다. 펀은 자기가 좋아하는 일 중 하나라며 흔쾌히 도와주겠다고 했고, 로리는 펀과 함께 장미 꽃잎, 수박씨, 라임 껍질을 모아서 향수를 만들었다. 그런 뒤 집 앞 정원의 목련 나무 아래에 소풍용 돗자리를 펼쳤다. 화창한 날씨에 따뜻한 오후였다. 로리는 새로 만든 향수를 홍보하기 위해 짧은 비디오 클립 영상을 촬영했다.

로리는 펀이 들고 있는 흰색과 분홍색 꽃잎에 물을 뿌리며 촬영을 시작했다. 펀은 꽃잎을 기울여서 물방울이 햇빛을 받아 빛을 내며 떨어지도록 연출했다.

클립은 정말 예쁘게 촬영되었다. 로리는 이 영상을 그대로 〈학교 이야기〉에 게시했다.

@미녀와부엌 @티데이트에서 냄새를 맡는 건 흥미로운 일이지만 어차피 그건 땀 냄새죠! 티데이트를 즐긴 후 제가 만든 새로운 향수를 뿌려보세요!

"내 제품과 티데이트 프로젝트를 같이 홍보하면 두 팀 모두에게 좋은 결과가 될 거야."

로리는 게시 글에 찰리를 태그해서 올렸다.

몇 초 만에 찰리한테서 메시지가 왔다.

@스타일파일 사진에 나온 손 누구야? 귀여워!

로리는 펀한테 메시지를 보여주지는 않았다. 펀은 귀엽다는 말을 듣기 싫어하니까.

"아, 말해준다는 걸 까먹었네." 펀이 흥분해서 말했다. "쓰레기 셰프 제프가 새로운 음식 낭비 챌린지에 관한 브이로그를 찍었어."

"이번엔 뭐야?"

펀이 킥킥대며 웃었다. "이거 봐. 카페와 레스토랑을 다니면서 접시에 얼마나 많은 음식이 남아 있는지 찍고 있어."

"쓰레기 셰프답네."

"그리고 사람들이 나가면 제프 아저씨가 거기 앉아서 접시에 남긴 걸 먹는 거야!"

로리는 깜짝 놀랐다. "역겨워!"

"어떤 레스토랑에선 양파 링하고 감자 칩을 먹었대! 그리고 다른 레스토랑에 가선 인도식 볶음밥을 거의 한 접시나 먹었다지 뭐야. 언니도 그걸 봐야 하는데!" 펀이 킥킥 웃으며 말했다. "그 아저씨는 먹다 만 팬케이크도 먹고 손도 안 댄 아이스크림도 먹었대. 믿어져?"

"아니! 누가 아이스크림을 남기니?"

"그리고 음식문화 운동가들을 위한 새 챌린지도 만들었어. 카페나 레스토랑에 가서 손님들이 남긴 음식으로 한 끼 식사를 하는 거야."

"그건 좀…" 로리는 고개를 저었다. "그건 진짜 아니다."

펀이 잠시 말을 멈췄다가 다시 말했다. "엄마랑 아빠는 해본다는데?"

"뭐라고? 사람들이 남긴 음식을 먹겠다고?" 갑자기 로리의 배가 꾸르륵거리는 것 같았다. "누가 보기라도 하면 어떡해?"

"제프 아저씨가 그건 걱정하지 말래. 남의 일에 관심 있는 사람은 아무도 없대. 우린 늘 다른 사람들이 우릴 판단할 거라고 생각하지만, 실제론 전혀 안 그렇대."

"제프 아저씨도 학교 식당에서 다른 사람이 남긴 음식을 먹으면 어떤 눈초리를 받을지 직접 경험해봤으면 좋겠어."

펀이 웃음을 터트렸다. "그거 웃기겠다."

그때 랏지가 다가왔다.

"얘들아!"

랏지는 로리가 처음 보는 모자를 쓰고 있었다. 랏지한테 꼭 어울리는 펠트 모자였다.

"방금 로리 언니한테 쓰레기 셰프 제프의 식당 챌린지 얘기를 해주고 있었어." 펀이 말했다.

랏지가 웃었다. "폴리 아줌마도 그 얘기 하더라. 야간에 여는 시장이나 마찬가지라면서."

로리는 한숨을 쉬었다.

랏지가 소풍용 돗자리에 털썩 앉아서 로리와 펀이 방금 만든 수제 향수 한 병을 집어 들었다.

"거기 웬만한 음식은 다 있대. 남긴 국수나 피자나 햄버거 중에서 골라 올 수 있을 거라고 하던데…."

"우웩!"

"게다가 채식주의자를 위한 인도음식점이 생겨서 누가 먹다 남긴 커리 같은 것도 얻을 수 있대." 랏지가 웃으며 말을 이었다. "이런, 너무 많이 나갔나?"

로리는 고개를 끄덕였다. "그 정도면 식중독 걸릴 수준이지!"

랏지가 펀을 팔꿈치로 슬쩍 찌르면서 물었다. "넌 어떻게 생각해?"

펀이 웃었다. "난 딴 건 모르겠고 부모님한테 케이크 하나만 갖다 달라고 했어."

그날 밤, 침대에 누운 로리는 정말 피곤했지만 핸드폰을 들고 뭐가 더 올라오지 않았나 확인했다. 펀과 함께 향수를 만들며 즐거운 시간을 보냈고 에밀리아와 자이납한테 어울리는 향도 만들었다. 거기에 딱 어울리는 이름을 지어주고 싶었다.

하지만 이 좋은 기분은 핸드폰을 확인하는 순간, 마치 마법처럼 사라져버렸다.

찰리가 셀카 사진을 〈학교 이야기〉에 게시했다. 머리에 꽃을 꽂고 눈가에 미니 보석이 반짝이는 효과를 준 사진이었다.

@스타일파일 새로운 향수가 월요일에 출시됩니다. 대회 2주차예요, 여러분! 진지해질 때죠. 그러니 냄새를 맡은 후에는(저도 해버렸지 뭐예요?!) @미녀와부엌에서 향수를 구매해 냄새나는 티셔츠한테 '잘 가'라고 말하세요!

로리의 볼이 뜨거워졌다. 안 돼! 난 티데이트 팀과 협력하려고 했는데 이건 꼭 경쟁하려는 것처럼 보이잖아. 로리는 스크롤해서 메시지를 더 읽었다.

@릴리아나 향수 사야겠어! 내 @티데이트 결과가 별로 좋지 않았거든!

@티데이트 재미로 하는 거죠. 알잖아요.

@리즈와나 나도 안 맞았어. 완전 쓰레기야!

@엘리스 나도 그랬어. 어떻게 올리 해턴 티가 걸릴 수 있지? 대체 어떻게?!!!!!!!

@올라 나도 절대 토머스 워버튼하곤 데이트 안 해!!!

@티데이트 중요한 건, 완벽한 이상형을 만나면 절대 땀 냄새로 느껴지지 않는다는 거죠!

@엘리스 완전 쓰레기 맞아.

@올라 과학적이긴 무슨!

이건 우리가 경쟁을 붙인 꼴이 됐잖아. 로리의 심장이 쿵쾅쿵쾅 뛰었다. 게다가 티데이트 팀은 3학년 팀이라고!!! 나를 뭐라고 생각하겠어? 나를 보면 뭐라고 할까?

@티데이트 우리 상자엔 전교생의 절반 이상의 티가 있어요.

@해리에반스 @티데이트는 사실 정보기관이 하는 걸 수도 있어. 그렇지 않을까? 땀에서 DNA를 채취하려는 거지. 하지 마! 데이터를 제공해주지 말자구! #저항

@티데이트 하하하하하하하하

@렉시 오오오오오오오! @티데이트와 @미녀와부엉이 경쟁 중이군.
무슨 일이 일어날지!

렉시는 보통 학생이 아니라 학교신문 편집부원이었다. 로리와 티데이트 사이에 누가 봐도 오해할 만한 문구를 게시했다. 로리의 말은 전혀 듣지도 않은 채.

@렉시 <학교 이야기>의 생각은...

렉시는 의견을 계속 게시했고, 수많은 '좋아요'와 '공유하기'를 얻었다. 학생들은 티데이트 팀의 반응도 공유했고, 로리는 어쩔 도리가 없었다. 아래로 스크롤할수록 로리의 얼굴은 더욱 붉어져 갔다….

@알피 이제 누구 얼굴이 #불타는얼굴이려나, 응?

바로 나야. 로리의 얼굴은 걱정과 당혹감으로 불타올랐다. 로리는 편이 말린 라벤더를 속에 채워준 베개에 얼굴을 묻고 그만 울고 말았다.

그때 핸드폰이 울렸다.

로리는 마지못해 일어나 찰리의 메시지를 읽었다.

@스타일파일 경쟁 부추기는 거 봤지? 오 예! 일단 침착하게 행동하고 월요일 아침에 얼마나 많은 주문이 들어올지나 걱정해. 나를 믿어. 이제 우승은 우리 거야.

chapter 11

@혁신가들 대회 2주차 월요일입니다, 여러분! 이제 본격적으로 제품을 팔 때가 되었죠! 기억하세요. 사람들은 스토리를 좋아합니다. 여러분의 제품이 세상을 더 나은 곳으로 만드는 데 기여한다는 걸 홍보하세요!

월요일 아침, 로리가 학교에 가니 여학생들이 학교 밖에서부터 로리를 둘러싸고는 지갑을 흔들면서 소리쳤다.

"지금 살 수 있어?"

"나도!"

"나도!"

여학생들은 지폐를 꺼내 흔들며 서로 먼저 사려고 했다.

로리는 가방을 내려놓으며 말했다. "알았어. 이제 꺼낼게."

"그거 이름이 뭐라고 했지?" 누군가 물었다.

로리는 잠시 움직임을 멈췄다. 향수를 만드느라 바빠서 아직 이름을 짓지 못했기 때문이다.

마침 옆에 있던 리즈와나가 로리한테 귓속말로 속삭였다.

"찰리도 이거 뿌리니?"

로리는 생각했다. 찰리가 이걸 쓴다는 게 중요하구나.

"찰리 온다!" 누군가 소리쳤다.

로리도 다른 아이들이 쳐다보는 쪽으로 고개를 돌렸다. 찰리가 빙글빙글 돌면서 운동장에 나타났다. 찰리라면 이 향을 뭐라고 부를까? 찰리를 떠올릴 수 있는 이름이라면 잘 팔리겠지.

"난 향수 고르는 덴 별로 안 까다로워." 찰리가 가까이 오자마자 말했다.

아이들이 말 그대로 찰리의 주위를 즉각 둘러쌌다.

"하지만 이건 정말 멋져." 찰리가 향수를 여기저기 칙칙 뿌리면서 말했다. 그러고는 로리의 귀에 대고 속삭였다. "이건 그나마 고추보단 낫네!"

"굉장히 강한 향수야." 찰리가 자기를 둘러싼 아이들을 보며 말했다. "아무나 뿌릴 수 없는 향이지."

주변에 모인 모두가 찰리의 말을 귀담아 듣고 있었다. 마치 찰리한테 자석이라도 있는 것 같았다.

"선명하고 매혹적이지만, 결코 쉽게 손에 넣을 수 없는 향."

"그게 바로 내가 원하던 향이야!" 엘리스가 흥분해서 말했다.

"나도!" 다른 여학생도 소리쳤다. "향수 더 있어?"

"우리부터 사게 해줘." 올라가 엘리스와 함께 로리 쪽으로 밀치고 나왔다. "우리야말로 브랜드 인플루언서라구."

"자, 우리한테 쇼케이스를 위한 무료 샘플을 줘야지?" 엘리스가 말했다.

"안 돼! 이미 판매를 시작했으니까 쇼케이스는 필요 없어." 찰리의 말이 끝남과 동시에 엘리스와 올라가 고개를 떨궜지만, 찰리가 재빨리 미소를 지으며 덧붙였다. "주말에 나한테 올래?"

모인 여학생들이 환호했고, 찰리를 보러 가겠다고 너도 나도 외쳤다. 그러더니 단 몇 분 만에 엄청난 수의 향수가 판매되었다. 로리는 찰리가 여학생들과 이야기를 나누며 칭찬을 퍼붓는 걸("와우, 네 가방 멋지다!"라든가 "그 머리핀 어디서 샀는지 알려줘!" 등등) 감탄하며 지켜봤다.

한창 수다를 떨던 찰리가 로리한테 다가왔다. "왜 이렇게 머리가 젖었어?" 그러고는 로리의 젖은 머리카락을 만지더니 킥킥 웃으며 귓속말로 속삭였다. "아침 먹고 나서 먹다 버린 빈 주스 통이라도 닦다 온 거야?"

로리의 눈가에 눈물이 맺혔다.

"표정 좀 봐!" 찰리가 깔깔 웃으며 말했다. "농-담-이-야. 왜 이렇게 진지해."

옆에 있던 여자애 하나가 로리의 팔을 툭 치며 말했다. "이 향수 이름이 뭐라고 했지?"

"카리스마." 로리가 대답했다. "이 향수 이름은 카리스마야."

스페인어 수업이 끝난 후, 로리는 자이납, 에밀리아와 함께 현대언어 교실로 걸어가면서 대회에 관한 이야기를 나누었다.

"그나저나 티데이트에 대한 댓글이 모두 오해라는 게 밝혀져서 참 다행이야." 자이납이 말했다.

"끔찍했어." 에밀리아가 2학년 팀한테서 산 브라우니를 한 입 가득 넣고 계속 말했다. "하지만 〈학교 이야기〉에서 떠도는 이야기들이 가끔 그렇잖아. 의도한 것과는 다르게 해석되는 거 말이야. 그렇지 않아?"

로리는 고개를 끄덕였다. "정말 끔찍했어."

에밀리아가 말했다. "잊어버려! 네 세럼은 훌륭했어, 로리. 네가 일등 할 거라고 확신해."

"글쎄, 출발은 좋았지."

로리는 될 대로 되라는 식으로 말했다. 찰리가 빈 주스 통 어쩌고저쩌고하는 걸 들은 후부터 기분이 좋지 않았다. 누가 그 말을 듣기라도 했으면 어쩌지?

에밀리아가 웃었다. "겸손하시긴!"

자이납이 선생님 목소리를 흉내 내며 말했다. "티데이트는 모든 사람이 한 번씩 해보고 싶어 할 테니 처음에는 잘될 수밖에 없지요. 하지만 대부분은 두 번 이상 하지 않을 겁니다."

"자전거 고쳐주기 프로젝트를 하는 2학년 팀 말이야. 그 팀도 꽤 괜찮아 보이더라." 에밀리아가 브라우니를 한 입 더 먹으면서 말했다.

로리와 친구들은 어느덧 현대언어 교실 앞에 와 있었다. 교실 앞에는 파리, 베를린, 마드리드, 로마, 베이징이 표시된 세계지도가 벽에 붙어 있었다. 로리는 지도를 보면서 가족과 함께 기차를 타고 유로터널을 지나 프랑스 파리로 놀러 가면 얼마나 멋질지 상상했다.

"그런데 리즈와나랑 루시는 헤나 문신을 해주고 3파운드밖에 안 받더라." 자이납이 에밀리아한테 말했다. "내가 그 정도 가격에 스터디 서비스를 하겠다고 하니까, 그건 너무 경쟁력이 없다고 네가 그랬잖아."

"스터디 그룹은 그렇지! 그런 걸로 어떻게 우승을 하니? 헤나 문신은 다르지." 에밀리아가 패턴 무늬로 뒤덮인 자이납의 팔을 잡으며 말했다. "이건 다들 하나씩 하고 다니잖아."

"가격은 낮게, 용량은 많게."

"네 건 다르지, 로리!" 에밀리아가 말했다. "네 건 가격이 높잖아."

로리의 얼굴이 빨개졌다. "좀 과하다는 건 나도 알아! 하지만 내가 가격을 정하는 게 아니라서…."

에밀리아가 로리의 머리카락을 장난스럽게 휙 넘겼다. 오늘 로리는 머리 양쪽을 꼬아서 포니테일로 묶었다. 아침에 이 머리를 하는 데 꽤 오랜 시간이 걸렸기 때문에, 에밀리아가 머리를 만져 헝클어뜨리자 로리는 짜증이 났다.

자이납이 그걸 눈치챘는지 재빨리 화제를 돌렸다. "강아지 가방 세트 아이템에 대해선 점심시간에 얘기하는 거 어때?"

"난 저녁 먹으면서 하고 싶어." 에밀리아가 말했다.

"그것도 괜찮네." 자이납이 말했다.

로리도 친구들의 대화에 끼어들었다. "난 포장을 도와줄게. 어때, 그럴까?"

"아니." 에밀리아가 말했다.

"괜찮아." 자이납이 말했다.

"아니면 비스킷 굽는 걸 도와줄까? 버지스 선생님이 학교 끝난 후에 요리 실습 교실을 사용해도 된다고 하셨어. 우리가 가서 쓴다고 말씀만 드리면 돼."

자이납이 스스럼없이 말했다. "사실 어젯밤 에밀리아네 집에서 이미 구워봤어."

"거의 밤을 꼴딱 샜지." 에밀리아가 어색하게 웃으며 말했다. "하다가 잠이 들었다니까." 그러고는 로리를 쳐다봤다. "하지만 계획하고 만난 건 아니었어."

"비스킷이 그렇게 잘 구워지지도 않았고. 우린 너희 팀만큼 잘 팔 순 없을 거야." 자이납이 말했다. "엄청나게 많이는 말이야!"

"글쎄, 네가 자꾸 당근 껍질을 넣으려고 하면 정말 그럴걸." 에밀리아가 자이납한테 친근한 티를 내며 말했다.

"그건 내 잘못 아니야!" 자이납도 친근하게 에밀리아를 툭 치며 말했다. "난 너처럼 시력이 좋지가 않아. 피자 플라자에 안경을 두고 오는 바람에."

로리의 안색이 어두워졌다.

그런 로리를 보고 자이납의 얼굴이 약간 빨개졌다. "에밀리아랑 피자 플라자에 갔었거든…."

"우리 집 냉장고에 아무것도 없어서." 에밀리아가 분홍색으로 물들인 머리카락을 배배 꼬며 말했다. "쌀 푸딩 빼고 말이야. 저녁에도 쌀 푸딩을 먹는다고 했더니 엄마가 우릴 데려가주셨어."

"그냥 에너지 충전 좀 하러 간 거야." 자이납이 말했다.

"어쨌든!" 에밀리아가 환하게 웃으며 말했다. "너, 괜찮은 거지?"

"그럼!" 로리는 억지웃음을 지었다. "안 괜찮을 이유가 뭐가 있어?"

chapter 12

@혁신가들 카운트다운! 목요일은 다들 어떻게 지내셨나요? 2주차 중반이 되었으니 기다려주세요! 우승자가 발표되기까지 12일밖에 남지 않았답니다!

빵에 공짜 버터를 발라 먹던 평범한 일상에서 벗어나 갑자기 찰리처럼 유명 인사가 되어버린 것 같은 충격 탓에, 로리는 이게 실제 상황이라는 걸 자꾸 스스로에게 상기시켜야만 했다.

평소에 로리한테 관심 없던 여자애들도 복도에서 말을 걸어왔고, 메시지를 보내왔다. 반짝이는 머리핀을 꽂고 있던 여학생의 '피부의 속삭임' 견디기 기록이 아직 깨지지 않았는데, 세럼 더 가지고 있는 거 있니?

저학년 여자애들만 그런 게 아니었다. 남학생들, 심지어 선생님들도 말을 걸었다. 로리의 핸드폰은 끊임없이 울려댔다. 로리는 어쩔 수 없이 핸드폰을 계속 손에 들고 다녀야 했다.

그러던 어느 날 밤 열 시, 로리는 침대에 누워 잠을 청하고 있었다. 그날 저녁은 그야말로 난리법석이었다. 검은콩 버거와 샐러드를 만드는 것도 그랬지만, 토론 때문이었다. 엄마가 '요리와 책' 모임을 하는 도서관의 사서 중 한 명이 기후변화 시위에서 쓸 수 있을 만한 버려진 음식에 관한 글을 게시했다. 로리네 가족을 돕기 위해서였다. 하지만 사서 아주머니가 대형 슈퍼마켓들을 그 글에 태그하는 바람에, 태그된 슈퍼마켓들이 이제 해시태그 #음식낭비에 반대하면서, 버려진 음식을 공짜로 가져가는 건 무책임한 일이라고 말하고 있었다.

이 사태는 오히려 로리 부모님과 펀을 더 결의에 차게 만들었고, 로리의 걱정도 점점 더 쌓여갔다.

벽에 줄줄이 걸린 국화, 라벤더, 장미가 어둠 속에서 미세한 향기를 뿜어내고 있었다. 로리는 긍정적인 생각을 하려고 노력했다. 위층 침대에서 들려오는 펀의 부드러운 숨소리에 집중했다.

대회가 시작된 지 고작 2주밖에 지나지 않았는데도 로리는 자신의 일상이 정말 많이 변한 것 같다고 생각했다. 참여, 영감, 영향력이라니! 하지만 자이납과 에밀리아가 조금씩 멀어지는 걸 느낄 땐 마음이 아팠다. 로리는 순간 향수에 관한 설문 조사를 도와준 데 대한 보답으로 자이납과 에밀리아한테 카리스마 향수를 한 병씩 주기로 했던 약속이 떠올랐다. 대회가 하루하루 지날수록 걱정거리가 그만큼 더 늘어나는 기분이었다. 기후변화 시위를 준비하고 있는 부모님과 펀을 제대로 돕지 못하는 것에 대해서도 죄책감이 느껴졌다. 게다가 학업도 뒤처지는 것 같아 걱정이었다. 아무래도 다음 주 과학 시험에서는 엘리엇한테 질 것만 같았다.

갑자기 핸드폰이 울려서 로리는 깜짝 놀라 일어나 앉았다. 찰리가 대회에 관한 새 포스팅을 올린 것이다. 얘는 도대체 하루 종일 핸드폰만 보는 거야, 뭐야? 로리는 바로 글을 확인했다.

@스타일파일 나빠진 피부를 바꿀 준비가 되셨나요? 자연스러운 광채를 만들 시간입니다. 이번 주말에 여러분을 위한 신제품이 나옵니다. 주목하세요!

로리의 심장이 뛰었다. 로리는 벽에서 라벤더 잎을 집어 들고 차분히 라벤더 향을 들이켰다.

도대체 찰리는 왜 나랑 아무 상의도 없이 혼자서 저런 발표를 한 거지?

잠이 달아난 로리는 침대에서 빠져나와 부엌으로 갔다. 생강두유를 만들기 위해 가스레인지에 주황색 프라이팬을 올리고 두유를 거품이 날 때까지 데웠다. 그리고 거기에 설탕, 생강가루, 향신료 믹스, 계피를 넣고 머그잔에 부었다. 그런 뒤 생강 마스크팩과 떠먹는 요구르트와 향신료를 꺼내서 목욕을 하기 위해 위층으로 올라갔다.

욕조에 물을 받는 동안 로리는 거울을 봤다. 로리가 뷰티용품을 만드는 데 필요한 시간에는 그걸 직접 자기 몸에 테스트해보는 시간까지 포함된다. '피부의 속삭임'도 따갑지 않은 버전으로 만들어 매일 조금씩 써보고 있는데, 그러면서 로리는 자기 피부가 꽤 매끄럽고 깨끗하다는 걸 알게 되었다.

부모님은 로리가 〈학교 이야기〉에 셀카 사진을 올리는 걸 금지했다. 로리는 올릴 수만 있다면 아무 필터 효과도 주지 않은 맨얼굴 사진을 올려도 되겠다고 생각했다. 뭐, 어차피 지금은 올릴 수도 없지만. 로리는 거울 속 자기한테 씩 웃어 보이고는 마스크팩을 얼굴에 올렸다. 뺨, 턱, 이마까지 꼼꼼히 붙이고 수건으로 머리를 감싼 채 수제 초콜릿 거품 입욕제를 넣은 목욕물에 들어갔다. 욕조 끝에 등을 기대고 앉은 다음, 눈을 감고 손으로 초콜릿 거품을 천천히 휘저었다.

그래, 이거야. 로리는 아직 마치지 못한 숙제 더미와 대회에 내보낼 뷰티용품에 관한 생각을 최대한 하지 않으려고 노력하면서 지금을 즐겼다. 랏지와 로미(저녁 식사를 하러 왔었다)가 역사 숙제를 도와주지 않았더라면 걱정거리는 훨씬 더 많았을 것이다. 랏지와 로미가 과학 숙제, 영어 숙제도 해줬으면 좋았을 텐데.

그때 핸드폰이 또 울렸다.

로리는 손의 물기를 닦고 핸드폰을 집어 들었다가, 자기도 모르게 화면을 넘겨버렸다. 화면에 찰리의 얼굴이 나타났다.

헐!

핸드폰에서 찰리가 깔깔 웃는 소리가 새어나왔다.

오, 이럴 수가.

얼떨결에 영상 통화를 수락한 것이다. 목욕 중에 찰리와 영상 통화를 하다니!

로리는 바로 초콜릿 거품 속으로 몸을 담갔다.

"안 돼!"

"소리 좀 그만 질러!" 찰리의 얼굴이 다시 화면에 나타났다. "너, 목욕 중인 거 알아. 타이밍이 좀 그렇지만, 아무튼 그만 당황해. 네 다리털 따윈 안 보이니까."

찰리는 무릎을 모은 채 침대에 앉아 있었다. 연분홍색 스웨터에 요즘 유행하는 파자마 바지를 입고, 머리띠를 하고 있었다. 찰리의 머리카락은 정말 이 세상 최고였다. 저 머리카락은 누구라도 갖고 싶어 할 거야.

찰리가 웃었다. "근데 그 진흙 웅덩이는 뭐니?"

"초콜릿으로 만든 거야."

"정말 핫초코 안에 들어가 있는 것 같아 보이긴 하네. 아무튼 들어봐. 우리 소셜 미디어에 대해 생각하던 중이었어. 게시 글이 나쁘진 않은데, 뭔가 좀 더… 공감대를 만들었으면 좋겠어. 그럴싸한 뷰티 브이로그답게 말이야. 그에 어울리는 킬러 콘텐츠가 있으면 좋겠어."

킬러 콘텐츠?

로리는 얼마 전 봤던 뷰티 유튜버를 떠올렸다. 햇볕이 잘 들고 솜사탕처럼 새하얀 침실을 배경으로 영상을 찍는 유튜버였다. 귀에 꽂히는 목소리로 "어머나, 이걸 썼더니 글쎄 피부가 완전 달라졌어요!" 그러면 그 상품은 곧 몇 초 만에 매진되었다.

찰리의 말이 맞는 것 같았다.

"10일 일요일에 학교에서 마켓 데이 연다는 소식 들었니? 토요일부터 부스를 차리기 시작할 거야."

그 말을 듣고 로리가 자세를 고쳐 앉는 바람에 뜨거운 초콜릿 물이 욕조 밖으로 흘렀다.

"하지만 그날은 기후변화 시위가 있는 날인데! 그날 가족들하고 같이 참가하기로 했단 말이야."

"마켓 데이, 정말 재밌을 거야!" 찰리가 깔깔 웃었다. "넌 이미 수제 뷰티용품으로 환경보호에 도움을 주고 있잖아."

로리는 한숨을 쉬었다. 과연 가족들도 그렇게 생각해줄지…. 빨리 대책을 세워야 한다. 그날 오전에 최대한 많이 팔고 나서 시위에 참여하면 되지 않을까?

"〈미녀와 부엌〉엔 이미 올라와 있는 제품이 너무 많아. 사람들은 그냥 한 번 훑어보고 나서 '음, 레시피가 너무 많은걸. 이걸 다 보기엔 눈이 아파. 안 볼래!' 하고 생각할 거야. 딱 세 개면 돼. '피부의 속삭임'은 잘 팔리고 있고, 카리스마도 반응이 좋아. 여기에 절대 안 망할 제품 한 개만 더 있으면 좋겠어. 모든 여자애들이 관심 있어 할 만한 게 뭘까?"

"깨끗한 피부?"

"그건 '피부의 속삭임'으로 홍보했잖아."

"진짜 효과가 있는 여드름 치료제?"

찰리의 눈이 번쩍 뜨였다. "내가 생각했던 게 바로 그거야!"

로리는 미소를 지었다.

"그럼, 네가 만들 수 있는 게 뭔데?"

로리는 잠시 뜸을 들였다가 대답했다. "폴렌타 가루*랑 옥수숫가루에 용설란 시럽을 섞는 거야. 곡물 가루는 피부를 부드럽고 밝게 해주고, 여드름이 난 부위를 진정시켜줘. 그리고 용설란 시럽은 향긋한 토피 팝콘 냄새가 나. 펀이 설명한 대로라면 그래."

"와, 뭐든 그냥 줄줄이 나오네. 레시피를 다 외우고 다니는 거니?"

"내가 좋아하는 거니까. 이걸 얼굴에 잘 펴서 바른 뒤 부드럽게 문질러주기만 하면 돼. 그럼 짜잔, 여드름이 진정돼서 싹 들어간 피부가 되는 거지! 뭐, 바로 효과가 있는 건 아니고 며칠 안에. 게다가 우리 가족은 건강식품점에서 유효기간이 지난 폴렌타 가루를 싹 다 가져와. 그리고 옥수숫가루랑 시럽은 집에 원래 있으니까 새로 살 것은 전혀 없어."

로리는 꿈틀거리며 목욕 거품 밑으로 들어갔다. 유효기간 지난 걸 가져온다는 말은 하지 말걸, 하고 후회하면서.

"있는 재료를 가지고 여드름을 치료해주는 새로운 제품을 만들겠다? 오, 그래, 그걸로 해야겠어! 하지만 독특한 콘텐츠가 필요하다는 걸 기억해. 여드름 있는 여자애가 네 제품을 써서 실제로 피부가 나아진 걸 올려야 제품이 잘 팔릴 거야."

"물론이지."

*polenta flour. 옥수수 등의 곡물을 거칠게 빻아 만든 가루.

"여드름 있는 여자애가 우리 제품을 바르고 난 이후 일주일 동안을 빨리 감기로 해서 피부가 순식간에 확 좋아진 것처럼 보이는 영상을 올리는 건 어때? 제품 이름은 여드름 치료제라는 걸 바로 알 수 있을 만한 걸로 지어야 해. 이미 웬만한 이름은 시중에 다 나왔지만, 가령 여드름싹싹?"

로리는 조금 당황했다. "좋긴 한데, 좀 저렴해 보이는 것 같아."

"그럼 네가 지어봐!"

로리는 초콜릿 목욕물을 휘저으며 말했다. "좋아. 음, 토피 팝콘 냄새가 나는 팝팝 어때?"

"그건 부모가 아기한테 하는 말 같잖아!"

잠시 둘 다 말이 없었다. 그러다 로리가 먼저 조심스럽게 말했다. "토피팝?"

찰리가 노래를 흥얼거리는 듯한 목소리로 말했다. "여드름과 이별하세요… 토피팝으로요!"

"그거 좋다!"

"네가 생각해낸 거야. 천잰데!"

로리는 희열을 느꼈다. 찰리가 저렇게 "넌 천재야!"라든가 "넌 미쳤어!" 하고 말할 땐 아무 생각도 나지 않았다.

"그럼 누구한테 영상을 찍어달라고 하지?"

"내 사촌 이사벨하고 이슬라가 딱이야!" 찰리가 바로 말했다. "이사벨은 여드름이 있고, 이슬라는 없어. 누가 누군지 학교 애들은 모를 거야. 최근에 스코틀랜드 산골로 전학 갔거든."

로리는 백파이프 소리가 울려 퍼지는 가운데 쌍둥이가 다가오는 장면을 상상했다. 괜찮겠는데?

“처음에 이사벨이 우리 제품을 바르고 나면 그다음에 이슬라가 등장해서 그걸 씻어내며 깨끗한 피부를 보여주는 거지. 우리가 레시피를 보내주면, 그 애들이 알아서 만들고 최대한 빨리 찍어줄 수 있을 거야.”

로리는 갑자기 불편함을 느꼈다. “하지만 그건 거짓말이잖아?”

찰리가 깔깔 웃었다. “광고잖아. 원래 뷰티용품 회사는 다 그렇게 해! 뷰티 브이로거들이 하는 것 중에 임상적으로 입증된 건 아예 없다고 보면 돼.”

로리는 얼굴이 조금 빨개지는 걸 느꼈지만 굽히지 않고 의견을 말했다. “〈미녀와 부엌〉의 가장 중요한 특징은 사기가 아니라는 거야. 끔찍한 화학물질로 가득 찬 뷰티용품도 아니고, 실제로 좋은 효과를 얻게 해주니까. 단 며칠 만에 반짝반짝 빛나는 입술이나 하얀 치아를 가질 수 있을 것처럼 홍보하는 뷰티용품 회사하곤 다르다구….”

찰리가 입술을 깨물고 잠시 생각하더니 말했다. “그래, 알겠어. 너, 토피팝을 확실히 믿는 거지?”

“응! 하지만 효과가 바로 나타나진 않아.”

“좋아. 그럼 다음 날이 아니라 며칠 후라고 하지 뭐. 그럼 사실을 말하는 거지?”

“그렇긴 한데, 그래도….”

"제발, 로리! 토피팝은 우리가 돈 안 들이고 만들 수 있는 제품이야. 우리가 해야 할 건 홍보밖에 없다구." 찰리가 거부할 수 없는 특유의 미소를 지으며 말을 이었다. "날 믿어. 내가 말한 대로 하자."

찰리한테 더 이상 싫다고 말하기는 힘들었다. 로리는 초콜릿 거품을 터트리면서 이런 콘텐츠를 만드는 게 얼마나 나쁜 일인지 생각했다. 사람들은 소셜 미디어에 게시된 눈길을 끄는 영상이나 말에만 주목할 것이다. 하지만 찰리는 제품 판매나 홍보에 대해서만큼은 로리보다 훨씬 더 아는 게 많았다. 그러니 찰리의 능력을 믿을 수밖에 없다는 생각이 들었다. 나쁜 계획이라고 말하는 머릿속 양심의 소리는 듣지 말자. 게다가 이미 나쁜 짓을 하고 있잖아? 우리 제품이 사실은 남은 식재료로 만든 거라는 사실을 말하지 않았으니까. 물론 그건 분명 환경보호에 도움을 주는 좋은 일이다. 하지만 남은 식재료로 만들었다는 말은 안 했으니 결국 허위 광고 아닐까?

"이사벨하고 이슬라는 지금 무지 심심할 거야. 이사 간 곳이 엄청 습하고 추운 데다 아는 사람도 없으니까. 우리가 도와달라고 하면 분명 좋아할 거야."

"그래…" 로리는 얼버무리며 대답했다. "그럼 내일 만나서 이사벨하고 이슬라한테 줄 대본을 쓸까?"

"아니, 걔들이 알아서 하게 두자. 우리가 쓴 대본보다 훨씬 나을 거야."

로리는 아직도 이게 잘하는 일인지 확신이 서지 않았다. 하지만 찰리의 사촌들이 영상을 재미있게만 만들어준다면 제품 판매에 아주 큰 도움이 될 것 같았다.

chapter 13

로리는 도서관으로 가는 길에 마음이 설렜다. 찰리와 만나서 쌍둥이 사촌들이 보내온 브이로그를 보기로 했기 때문이다.

하지만 로리가 도착했을 때, 찰리는 핸드폰을 들여다보며 킥킥 웃고 있었다. 로리는 왠지 불안해졌다. 혹시 찰리가 지난주 욕실에서 목욕하던 중 영상 통화를 하는 내 사진을 게시하기라도 한 건가? 오, 설마 그건 아닐 거야. 이성을 찾아! 유튜브에서 '세상에서 가장 웃긴 고양이' 영상을 보고 있는 거겠지.

"왜 그렇게 불안한 표정이야?" 찰리가 소파에서 일어나 초콜릿 바를 뜯으며 말했다. 도서관에서 음식을 먹거나 마시는 건 금지돼 있지만, 찰리는 언제나 자기 마음 가는 대로 행동했다.

로리는 주변을 둘러봤다. 숙제를 해야 하는 안타까운 운명의 저학년 학생 몇 명이 눈에 띄었다. 로리는 가방에서 보온병을 꺼냈다. 엄마가 거기에 귀리우유를 넣어주셨다.

찰리가 다시 깔깔 웃었다. "정말 엉뚱해!"

로리는 주변을 신경 쓰지 않는 것처럼 보이려고 노력했다. 하지만 뜨거운 우유를 먹기 전, 주위에 있는 아이들이 자기를 쳐다보지는 않는지 신경이 쓰였다.

찰리가 플레이 버튼을 눌렀다.

오프닝 장면은 이사벨이 옛날 풍의 가구가 가득한 방에서 침대에 뻗어 있는 모습으로 시작되었다. 이사벨은 줄무늬 파자마를 입고 목에 딱 붙는 사파이어 목걸이를 두르고 있었다.

이사벨이 카메라를 똑바로 쳐다보며 말했다. "피부가 좋은 날이 있으면 안 좋은 날도 있어요. 그리고 여드름에서 탈출하고 싶은 날도 있죠. 모공에 별 문제가 없는 사람들이 하는 말은 귀담아 듣지 않을래요. 내 피부에 효과가 있는 게 뭔지 아는 사람은 나밖에 없으니까요." 그러고는 은으로 된 잔을 들고 물을 한 모금 마셨다.

로리의 눈이 커졌다. 이사벨은 재치가 넘치는 데다 친근한 인상에 멋진 눈썹을 가졌으며, 찰리의 〈스타일파일〉과도 잘 어울렸다. *니트웨어, 90파운드; 가보로 전해 내려온 사파이어 목걸이, 가격 불명(추정 가격은 150만 파운드); 19세기풍의 빈티지 패브릭 담요, 비매품.*

로리는 혼란스러운 눈으로 찰리를 바라봤다. "이사벨과 이슬라가 악몽 같은 곳으로 이사 가서 힘들어하고 있을 거라고 했잖아?"

"악몽 맞지! 이사벨이 꽁꽁 얼어 있잖아. 자, 봐!"

이사벨의 어깨에는 담요가 둘러져 있었다.

"이 패브릭 담요는 정말 고급스러워 보여. 언젠가 전시회에서 이런 담요를 본 적 있는 것 같아. 확대해줘봐!"

로리의 요청에 찰리가 이사벨의 사진을 확대해줬다.

"맞네! 빈티지 스타일이거나 아니면 진짜 골동품일 수도 있어."

"불쌍한 이사벨과 이슬라! 이모랑 이모부가 원래 새것을 안 사 주시거든. 스코틀랜드에서 가장 오래된 성 중 하나로 이사 가기도 했고 말이야."

"성이라고?"

"근데 외풍도 심하고 엄청 습하대. 중앙난방이 안 돼서 뜨거운 물로 샤워도 할 수 없고."

화면 속에서 이사벨은 건성으로 오크 나무로 만든 요람을 흔들고 있었다. 그 안에는 골든리트리버가 잠들어 있었다.

"저 강아지 요람도 오래된 거야." 찰리가 지겹다는 듯 말했다. "옛날에 찰리 왕자인지 누군지가 썼던 거라는데."

순간 이동이 가능하다면, 그리고 이사벨과 이슬라가 그 성에 사는 게 행복하지 않다면, 로리는 당장 그 쌍둥이 자매한테 가서 사는 곳을 서로 바꾸자고 하고 싶었다.

찰리가 그렇게 역사적인 물건들을 마치 별것 아닌 듯 대하는 건 늘 있는 일이었다. 그게 얼마나 좋은 건지 모르니까!

어쨌든 이사벨은 확실히 카메라 앞에서 자연스러웠다. 게다가 여드름 난 자리에 조그만 하트 모양 스티커를 붙이고 이런 스티커로는 며칠이 지나도 낫지 않는다고 이야기할 때, 로리는 자기도 모르게 웃음이 나왔다. 이사벨은 이어서 토피팝을 얼굴에 바르며 얼마나 가볍게 잘 발리는지 이야기하기 시작했다. 로리는 화면에서 눈을 뗄 수가 없었다.

이사벨이 자기만의 비밀 아지트에 갔다 오겠다며, 그사이 토피팝이 효과를 보여줄 거라고 말했다.

그리고 잠시 후, 갑자기 음악 소리가 터져 나오면서 책장이 열리더니 줄무늬 파자마와 헐렁한 파란색 점퍼를 입은 이슬라가 나왔다. "정말 놀라워!" 이슬라가 말했다. "내 여드름이 흔적도 없이 사라졌어요. 토피팝은 진짜 완벽해요!"

찰리가 하이파이브를 하자며 손을 들었다.

"나를 믿으라고 했지? 이게 바로 내가 말한 대박 콘텐츠야."

@스타일파일 자아아아~ 우리 신제품을 너무나 잘 소개해준 브이로그를 올립니다. 놀랄 준비 하세요.

chapter 14

다음 날 아침 역사 시간, 로리는 벽에 걸린 시계를 수백 번도 넘게 쳐다봤다. 점심시간까지 25분 남았다. 이 수업만 끝나면 된다. 로리는 아무것도 집중할 수가 없었다. 눈이 다시 시계로 갔다. 빨리 핸드폰을 켜서 〈학교 이야기〉에 올린 이사벨과 이슬라의 브이로그가 어떤 반향을 일으키고 있는지 봐야 하는데.

에밀리아가 로리를 쿡 찔렀다. "너, 듣고 있니?"

"1066년에 한창 논란이었던 왕위 계승에 대한 버지스 선생님 이야기? 아니면 벤 햄프턴한테 데이트하러 나가자고 말해야 할지 말아야 할지만 생각하는 네 이야기?"

엘리엇이 한심하다는 듯 쳐다봤다. 엘리엇은 로리, 자이납, 에밀리아, 〈혁신가들〉의 방송을 맡고 있는 네드 징크스와 같은 책상 앞에 앉아 있었다.

에밀리아의 연애 사업은 꽤 잘 진척되고 있었다. 수업에 들어오기 전, 에밀리아가 벤 햄프턴한테 강아지 생일 비스킷을 팔았고, 덕분에 에밀리아와 벤이 처음으로 기념비적인 대화를 했기 때문이다. 로리는 브이로그가 폭발적인 관심을 불러일으킬 것에 대비해 찰리를 만나 토피팝 봉지를 전해주느라, 에밀리아와 벤이 대화하는 순간을 놓쳐버렸다.

에밀리아가 로리한테 몸을 숙이며 물었다. "넌 어떻게 생각해?"

로리는 잠시 고민했다. 누군가에게 반해본 적이 없기 때문이다.

"난 해럴드 왕이 두 번의 침략을 당했다고 생각해. 한 번은 노르웨이 왕의 침략이었고…."

"나, 진지해. 나한테 중요한 일인 거, 너도 알잖아." 에밀리아가 짜증스러운 표정을 지었다.

네드가 엘리엇과 무슨 일이냐는 눈빛을 주고받았다.

에밀리아가 계속 속삭였다. "오늘 저녁에 바로 집으로 안 가고, 53번 버스 정류장에 좀 서 있을까 생각 중이야. 벤 햄프턴이 버스를 타는 곳이거든. 너희 둘도 같이 가준다면 말이야." 그러고는 로리와 자이납을 쳐다봤다. "너희가 있어야 용기가 날 것 같아."

로리는 입술을 깨물었다. "미안해. 오늘 찰리랑 신제품을 본격적으로 만들기로 했거든. 곧바로 집에 가서 그거 만들어야 해."

"괜찮아!" 자이납이 말했다. "내가 같이 있어줄게!"

"나, 뭐라고 말할까?" 에밀리아가 흥분해서 물었다.

"얘들아." 엘리엇이 끼어들었다. "너희들, 가만히 좀 있어줄래? 난 이번 수업 잘 들어야 한단 말이야."

에밀리아의 얼굴이 빨개졌다. "네 신발 속 조약돌이나 빼면 나도 그만할게."

"알았어!" 엘리엇이 책상 아래로 몸을 숙여 조약돌을 뺐다. "그냥 로리한테 보여주려고 잠깐 뺀 거야. 왼발 밑에 뒀더니 땀 때문인지 부드러워졌거든." 그러고는 조약돌을 책상 위에 올려놓았다. "이 얘기도 〈미녀와 부엌〉에 쓸 만한 내용 아냐?"

"고맙다." 로리는 엘리엇의 기분을 상하게 하지 않으려고 노력하면서 대답했다. "생각해볼게."

"얘기 다 했니?" 에밀리아가 지쳤다는 듯이 말했다. "내가 하던 얘기는…."

잠자코 있던 네드가 고개를 홱 들었다. "진짜 거슬리네."

바로 그때, 로리의 머릿속에 아이디어가 떠올랐다.

수업 끝을 알리는 종이 울렸을 때, 로리는 토피팝을 네드의 손에 쥐여줬다. "자, 벤 햄프턴한테 세레나데를 불러주는 대가로 이거 받을래?"

네드는 2파운드 정도만 주면 누구에게든 대신 세레나데를 불러줄 애였다. 친구들은 점심시간에 급식 아줌마들한테 점수 따서 감자 칩을 더 받으려고 네드한테 노래를 불러달라고 하곤 했다. 그리고 지난주에는 해리 에반스가 수학 선생님에게 숙제를 깜빡 잊고 해오지 않은 것에 대해 사과해야 했을 때, 사과의 뜻으로 대신 노래를 불러달라며 네드한테 돈을 지불하기도 했다.

네드가 의심스럽다는 듯 토피팝을 봤다.

"이거 정말 좋은 거야!" 로리가 말했다. "벤한테 노래 불러주고, 에밀리아를 좋아하는지 한번 알아봐줘."

"알겠어."

에밀리아가 기분이 좋아서 자이납의 어깨에 팔을 둘렀다. "정말이야? 고마워, 로리. 자이납, 학교 끝나자마자 바로 가보자!"

"고맙긴." 로리는 교실 밖으로 뛰어나가는 두 친구의 뒷모습을 보며 조용히 말했다.

로리는 운동장 구석에 있는 벤치로 가서 핸드폰을 톡톡 두드렸다. 화면을 열어서 본 로리는 깜짝 놀라 하마터면 바닥에 핸드폰을 떨어트릴 뻔했다.

이사벨과 이슬라의 브이로그는 60회나 공유되어 있었다. 학교에서는 아침 아홉 시부터 핸드폰을 볼 수 없다는 걸 생각하면 이건 꽤 많은 횟수였다. 60회라니, 정말 놀라웠다!

브이로그에 관한 포스팅 역시 계속해서 공유되고 있었고, '좋아요'와 댓글이 갈수록 늘어났다. 3학년들 중 한 여학생은 그 브이로그를 '토피팝이야말로 바로 우리가 원하던 제품'이라는 댓글과 함께 공유했다.

핸드폰이 울렸다. 로리는 유튜브도 켜서 확인해봤다.

@스타일파일 제품이 준비됐어요! 주문량이 많을 것 같으니 충분히 준비해놓을게요!

로리는 주스 병을 열고 한 모금 들이켰다. 맛이 좋았다. 로리가 이 학교에서 가장 유명한 학생 중 한 명이 될 거라고 누가 상상이나 했을까? 불과 1, 2주 전까지만 해도 로리에 대해 말하는 사람은 단 한 명도 없었다!

물론 깜짝 스타가 되었다고 해서 자만심에 빠져 우쭐댈 로리는 아니었다. 벤 햄프턴한테 세레나데를 불러달라고 네드한테 부탁했던 건, 대회 때문에 함께할 시간이 줄었지만 에밀리아와 자이납한테 우리가 아직 좋은 친구 사이라는 걸 보여주고 싶었기 때문이다. 대회가 끝나면 두 친구와 예전처럼 함께할 수 있을 거라고 생각하니 로리는 기분이 좋았다.

로리는 주변을 둘러봤다. 공기가 따뜻해지고 어느덧 5월이 되었다. 사과나무에는 분홍색 꽃이 피고 있었다. 로리는 그 사과나무가 사랑스러웠다. 인위적으로 심은 게 아니라 오래전 학생들이 버린 사과 씨앗이 뿌리를 내리고 큰 것이기 때문이다. 편한테 말해줘야지! 버린 음식이 낳은 행복한 결과니까.

로리는 점심시간까지만 해도 브이로그가 그럭저럭 잘 진행되고 있다고 생각했지만, 하굣길에 핸드폰을 다시 확인해보고는 깜짝 놀랐다. 무려 352회나 공유되어 있었다! 게다가 그다음 날은 횟수가 폭발적으로 늘어났다. 토피팝이 대박을 터트린 것이다.

chapter 15

로리와 찰리 팀이 올린 브이로그는 실버데일 중학교의 〈학교 이야기〉에서 가장 많이 공유한 콘텐츠가 되었다. #불타는얼굴챌린지나 티데이트 같은 경쟁 팀이 보여준 그 어떤 콘텐츠보다 백만 배는 더 인기가 있었다.

토피팝의 주문량은 하늘을 찔렀다. 로리는 과연 주문받은 양만큼 제조할 수 있을지 걱정이 되어, 찰리한테 대기자 명단을 만들자고 했다. 그런데 그렇게 하니, 사람들이 더 몰려들었다.

로리는 집에 와서도 침대에 누워 계속 〈학교 이야기〉를 스크롤했다. 대회 2주차가 끝날 무렵인 금요일 밤이었고, 로리와 찰리 팀이 브이로그를 올린 지는 이틀밖에 지나지 않은 시점이었다. 그 브이로그 영상이 퍼져나가는 속도는 이제 통제 불가능한 수준이었다. 사람들이 여기저기 퍼 나르고 공유하느라 정확히 몇 번이나 공유되었는지도 알 수 없었다.

로리는 차를 마실 겸 아래층으로 내려갔다. 브이로그의 반응이 너무 만족스러워서 다른 식구들한테 보여주고 싶었다.

하지만 그건 실수였다.

아빠는 브이로그를 보고 놀란 나머지 먹고 있던 파스타를 뱉고 말았다. 로리한테 영상을 다시 재생해보라고 했고(중간에 로리가 넘겨버려서), 이슬라가 여드름 하나 없는 깨끗한 피부로 다시 나타난 장면에서 정지하라고 했다.

“네가 이걸 만든 거니?” 아빠가 굉장히 감동받은 표정으로 말했다. “얼굴에 있는 여드름을 다 없애주는?”

“멋진 브이로그야.” 랏지가 말했다. “네가 대본을 쓴 거야?”

“아니, 이사벨과 그 옆….”

“잠깐! 이거 우리가 같이 만든 각질 제거용 마스크팩 아냐?” 펀이 말했다. “나도 지난주에 저거 썼는데 왜 내 여드름은 그대로야?”

“그건 수두 흉터라서 그렇지. 거기엔 비타민 E를 발라야 해.”

“대단한 일을 했구나, 로리!” 엄마가 말했다. “정말 잘했어. 우리 집에 왜 그렇게 폴렌타 가루가 날아다녔는지 이제야 알겠구나.”

엄마와 아빠는 이사벨과 이슬라가 콘텐츠 크리에이터라는 사실을 모르고 있었다. 하지만 펀은 이게 연출이라는 걸 곧 알아차릴 게 분명했다. 그렇게 마법 같은 효과를 내는 폴렌타 가루는 세상에 없으니까. 로리는 순간 목구멍이 콱 막히는 것 같았다. 그걸 알면 식구들이 엄청 실망할 텐데.

로리는 침을 꿀꺽 삼켰다. "재밌는 건…."

"이거 잘되면 로리 네가 거기서 일하는 거야? 거기 이름이 뭐라고 했지?" 아빠가 물었다. "샴푸 비누랑 거품 나는 거랑 있는 곳 말이야. 아빠가 어디 말하는지 알지? 시내 중심가에 가면 거리 중간쯤부터 냄새가 나고…."

"그럼 얼마나 좋겠어요. 하지만 중요한 건…."

"그럼 언니는 큰 꿈을 이루게 되겠네." 펀이 팔을 쭉 내밀면서 말하다가 샐러드 그릇을 쏟을 뻔했다. "뷰티 억만장자가 돼서 새 거품 입욕제를 발명하고, 그리고…."

이래서 펀한테 내 야망을 말하면 안 되는 거였는데. 로리는 심장이 뛰는 걸 느끼며 생각했다. 로리의 부모님은 억만장자 같은 사람들은 하나같이 탐욕스럽고 이기적이고 돈만 밝힌다고 생각하는 분들이기 때문이다.

엄마가 믿을 수 없다는 듯 웃으며 말했다. "로리가 그런 걸 원할 리 없어."

"왜 그렇게 생각하세요?" 로리의 얼굴이 빨개졌다. "돈을 많이 벌면 다른 사람들을 도울 수 있고, 우리 가족이 하는 캠페인도 지원해줄 수 있잖아요. 맨날 절약하고 아끼는 것보단 훨씬 낫죠."

엄마가 왠지 상처 받은 것 같은 표정을 지었다.

로리는 엄마 손을 잡으며 계속 말했다. "엄마 기분을 상하게 하려는 건 아니었어요! 제 말은 그런 뜻이 아니라….”

“사람들을 도울 방법은 많아.” 펀이 말했다. “꼭 돈을 써야만 할 수 있는 건 아니야.”

펀이 종지부를 찍었다. 가족들은 물론, 랏지마저도 로리를 영화나 책에 나올 법한 야망으로 가득한 여자 주인공쯤으로 생각하는 것 같았다.

아빠가 말했다. “로리, 나도 돈 많이 벌면 많은 일을 할 수 있다는 말엔 동의해. 하지만 내가 아는 게 하나 있지.” 그러고는 포크에 파스타를 둘둘 말아서 들며 말을 이었다. “돈이 많다 해서 꼭 행복한 건 아니란 거야.”

“저는 돈을 많이 벌겠다는 뜻으로만 말한 건 아니에요.”

“돈 벌어서 뭐든 사고 싶다고 했잖아.” 펀이 말했다.

“펀, 짜증나니까 그만해!”

아빠가 계속 말했다. “게다가 돈을 많이 벌기 위해 노력하는 과정 역시 행복하지 않을 수 있단다. 그럼 삶이 힘들어지거든. 내가 말하는 건….”

“무슨 말인지 알았어요.” 로리는 깊은 한숨을 쉬었다. 이제 그게 꾸며진 광고라는 걸 말할 때가 되었다고 생각하고 말을 꺼냈다. “…그 브이로그 어떻게 찍었는지 설명해드릴까요?”

그때 펀이 끼어들었다. “그나저나! 레온이란 애, 짜증나 죽겠어요!”

레온은 학기 내내 매일 펀과 함께 점심을 먹는다는 친구였다.

하지만 레온은 고지식한 아이라서 펀이 싸 오는 도시락을 두고 계속 잔소리를 늘어놓는다고 했다.

"레온은 내가 지금처럼 계속 채소만 먹으면 아예 채소가 되어버릴 거래요."

"아직도?" 아빠가 말했다. "이제 그만할 때도 됐는데."

"너도 기후변화를 막으려면 육류와 유제품을 덜 먹어야 한단 얘기는 이제 그만해." 로리가 말했다. "맞는 말이긴 하지만 너무 가르치려 드는 것 같잖아…."

"내 샐러드에서 오이를 집어 내 얼굴에 갖다 대곤 '넌 이 채소처럼 변할 거야!' 하지 뭐야."

랏지가 깜짝 놀라서 말했다. "오이는 그냥 채소가 아니라 과채류라고 알려주지 그랬어."

"그래서 난 걔 접시에서 소시지를 집었어." 펀이 잠시 멈췄다가 극적인 목소리로 말했다. "그런데 소시지에서 육즙이 뚝뚝 떨어지는 거야."

"으으으!"

"그래서 그걸 레온 눈앞에 흔들면서 말했지. '이것 봐. 돼지 엉덩이가 되느니 차라리 채소가 되는 게 낫겠다!'"

펀의 말에 엄마, 아빠가 웃음을 터트렸고, 랏지는 웃다 못해 기침까지 했다.

하지만 로리는 입이 떡 벌어졌다. "너, 진짜 그렇게 말했어? 정말?"

"그럼!" 펀이 눈을 반짝이며 말했다. "언니도 그때 걔 표정을 봤어야 하는데!"

"안 봐도 알 것 같다." 아빠가 말했다.

로리는 고개를 절레절레 저었다. 다들 펀이 친구를 잃고 외톨이가 되는 건 걱정이 안 되나?

"옆에서 선생님이 듣진 않았어?"

"아니! 식사를 감독하는 선생님이 계시긴 했는데, 그냥 다른 사람 접시를 건드리면 안 된다고만 하셨어. 하지만 레온도 내 걸 건드렸다고! 뭐 어때?"

그러고는 펀이 엄마 어깨 위에 팔을 둘렀다.

"오, 펀." 엄마가 말했다.

"레온도 그냥 웃긴다고 생각했을 거야." 펀이 계속 말했다. "점심 먹고 같이 놀이터 가서 재밌게 놀았거든. 걔는 돼지 흉내를 냈고, 난 걔 앞에서 '채소 파워'를 날렸지…."

"잘됐네."

엄마가 그렇게 말하고 오븐 쪽으로 가서 라즈베리 크럼블과 커스터드 크림을 갖고 왔다.

아빠가 샐러드 볼을 돌리면서 다들 먹을 만큼 집어 가게 했다.

"난 많이 안 먹을 거야. 이따가 '제프의 식당 챌린지' 하러 시내에 나갈 거니까. 그렇지, 여보?"

"그럼!" 엄마가 흥분해서 대답했다.

"어딜 간다고요?" 로리가 물었다.

"식당에 사람들이 남긴 거 먹으러." 펀이 대신 대답했다. "언니한테 말해줬잖아! 엄마, 아빠가 그거 하러 오늘 밤 마트에 간다고."

로리가 식탁에 스푼을 떨어트리는 바람에 쨍그랑 소리가 났다.

"야간 개장하는 마트란다." 아빠가 말했다.

"너 생각해서 거기로 가는 거야." 엄마가 로리한테 미소를 지어 보인 뒤 커스터드 크림 그릇을 건넸다. "아깐 피곤해 보여서 걱정이었는데 지금은 괜찮아 보이네."

"그러게, 괜찮아 보여." 아빠는 아주 자랑스럽고 만족스러운 눈빛이었다. "우리 로리가 큰일을 해냈어."

"난 늘 너랑 펀이 만드는 뷰티용품을 좋아했어." 엄마가 말했다. "하지만 그게 그렇게 효과가 있을 줄은 미처 몰랐구나."

"엄마! 제발 그 얘기는 그만요!"

"난 그냥…."

로리가 갑자기 소리치는 바람에 다들 조용히 먹기만 했다.

펀이 코를 훌쩍거리며 말했다. "언니, 그 브이로그 좀 다시 보여줘." 펀의 두 눈은 마치 엄청난 과학적 발견이라도 한 것처럼 반짝반짝 빛나고 있었다.

로리는 다시 보여주기 싫었지만, 대화를 중단시키는 게 나을 것 같아 핸드폰 화면을 켰다.

펀이 화면에 얼굴을 바싹 대고 보다가 영상을 멈췄다.

"알았다!"

그렇게 외치고는 여드름이 난 이사벨의 얼굴을 확대했다. 그리고 다음 장면으로 넘겼다. 이슬라가 촉촉한 피부를 과시하고 있었다.

펀이 흥분해서 의자에서 펄쩍 뛰어내렸다. "이거 보여요?"

엄마, 아빠가 영문을 모르겠다는 듯 고개를 저었다.

로리는 배 안에 커스터드 크림이 꽉 찬 느낌이었다. 펀이 알아챈 모양이었다.

"처음 장면에 나온 여자는 코에 여드름이 세 개 있었어요." 펀이 우쭐대며 말했다. "그런데, 바뀐 장면에선 코에 여드름이 하나도 없어요. 자, 어떻게 된 걸까요? 내 생각엔…."

뭔가 이상한 낌새를 챘는지 랏지가 일어나며 말했다. "오늘 설거지는 제가 할게요."

"이 사람들, 쌍둥이예요!"

엄마가 골치 아프다는 표정을 지으며 로리를 쳐다봤다.

로리의 얼굴이 라즈베리처럼 빨개졌다.

"그게 뭐? 엄마, 얘들은 찰리의 사촌이고…."

"찰리 부모님도 아시니?"

"그건 모르죠! 찰리 엄마는 매일 밖에 나가 계시니까요."

"그러니까 찰리 부모님은 찰리가 거짓으로 만든 영상을 올린 걸 모르신다는 거지?"

"이건 그냥 광고예요, 아빠! 원래 광고는 100퍼센트 진실이 아니라고요."

엄마가 한숨을 쉬더니 슬픈 표정으로 말했다. "글쎄다. 그럼 100퍼센트 진실로만 말해야 하는 걸 알려줄게. 바로 기후변화 시위와 버려진 음식들 얘기야. 네가 대회에 열심인 건 알지만, 시위 준비도 그만큼 열심히 해줬으면 좋겠어."

"나도 같은 생각이야." 아빠가 부엌을 나가며 고개를 절레절레 저었다.

로리는 고개를 푹 숙이고 목 뒤로 손깍지를 껴서 팔꿈치로 귀를 덮었다. 가족들한테 시위에 참여조차 하고 싶지 않다고 한다면 나를 얼마나 나쁜 사람으로 볼까.

부모님이 나간 뒤 로리는 펀, 랏지와 함께 거실에서 드라마 〈닥터 후〉*를 봤다. 순전히 펀이 보고 싶어 해서였다. 그걸 보지 않으면 같은 반 친구인 네이샤와 알렉스가 쉬는 시간에 놀아주지 않는다고 했다. 네이샤와 알렉스는 〈닥터 후〉의 광팬이었고, 펀은 그 애들과 친구가 되고 싶어 했다.

로리는 숙제를 끝낸 뒤 토피팝을 더 만들었고, 이제 지쳐서 소파에 누워 있었다. 엄마, 아빠를 실망시켰다는 것 때문에 기분이 좋지 않았다. 하지만 한편으로는 그 애들이 쌍둥이라는 사실을 펀이 대신 밝혀줘서 속이 후련하기도 했다. 거짓말을 하고 싶진 않았기 때문이다.

---

*1963년부터 지금까지 방영되고 있는, 영국의 대표적인 TV 드라마 시리즈. '닥터'가 동료들과 함께 미래와 과거를 넘나들며 지구와 인류를 구하는 이야기.

로리는 소파에 푹 잠겨 잠을 자고 싶었다. 판매가 지금처럼만 계속된다면 학교 대회에서 우승하고, 지역 대회에서도 우승할 수 있을 텐데. 그럼 실버데일 중학교에 4D 프린터가 생기고, 그 프린터로 마스크팩을 만들어볼 수 있겠지. 이런저런 생각을 하며 건성으로 핸드폰을 확인하고 있는데…

찰리가 반짝이는 하얀 욕실 안 구리색 욕조 옆에 지금까지 만든 스킨 세럼, 향수, 여드름 치료제를 배치해두고 사진을 찍어 게시했다.

@스타일파일 우리 제품 라인이 많은 사랑을 받아 얼마나 감사한지 모르겠어요. 제 작은 꿈이 이루어지기 직전인데, 학교 마켓 데이가 정말 기다려지네요. #스킨케어 #뷰티 #혁신가들

로리는 숨이 턱 막혔다. 사진에서 눈을 뗄 수 없었다. 찰리는 마치 천상의 여신 같았다. 찰리가 이제 포스팅에서 로리 이름도 언급해주고, 자기 꿈이라고만 하지 말고 '우리의' 꿈이라고 말해주면 금상첨화일 텐데.

그 글은 계속해서 '좋아요'를 받고 있었다. 벤 햄프턴도 해시태그 '#와우'를 붙여 공유했다. 로리는 움찔했다. 벤 햄프턴이 찰리를 좋아한다는 뜬소문을 들었는데, 에밀리아를 생각하면 사실이 아니기를 바랐다.

에밀리아는 며칠 동안 벤 햄프턴에 대한 이야기를 입 밖에 꺼내지 않았다. 네드한테 요청한 버스 정류장에서의 세레나데가 벤과

벤 친구가 장난인 줄 아는 바람에 완전히 망했기 때문이다. 벤은 네드의 등을 치면서 "하하하. 재밌는 녀석이네!" 하고는 에밀리아가 누군지 묻지도 않은 채 버스에 올라탔다.

"아!"

펀이 지나면서 실수로 툭 치는 바람에 로리는 핸드폰에서 현실 세계로 겨우 빠져나왔다.

"미안, 언니."

텔레비전에서는 아직도 〈닥터 후〉가 나오고 있었다.

펀이 소파 옆에서 비스킷 한 박스를 꺼냈다.

"펀! 그거 어디서 났어?"

"학교 끝나고 쓰레기통을 뒤졌지."

"뭐라고?" 로리는 순간 걱정이 되었다. "너, 혼자서도 그러고 다닌단 말이야?"

"아니! 엄마랑 차 타고 공원 근처 가게를 지나는데, 쓰레기통이 가득 차 있더라구. 그래서 엄마한테 쓰레기통 좀 뒤져도 되냐고 했지." 펀이 흥분해서 계속 말했다. "그랬더니 엄마가 길가에 차를 세워줘서…."

"엄마가 길가에 차를 대주셨고, 그래서 너 혼자 내렸어?"

"내가 혼자 하고 싶다고 했어."

로리는 한숨을 쉬었다. 펀은 별일 아닌 것처럼 말했지만, 사실 엄마는 펀이 초등학교 1학년이 될 때까지 혼자 공원에 가거나 버스 타는 것조차 걱정이 이만저만 아니었다.

"어쨌든 이건 쓰레기통 맨 위에 있던 걸 집어 온 거야."

"유통기한이 언제야?" 로리는 박스를 요리조리 살폈다. "그 가게에서 파는 물건들 자체가 별로 신선하지 않아서…."

"뜯지 마!"

펀이 박스를 도로 채갔다. 그리고 포장지를 열면서 코를 부여잡더니 비스킷을 꺼내 입에 넣은 뒤 바닥으로 쓰러지는 척했다.

"하하하." 로리는 웃음을 터트렸다.

"나도 줘봐." 랏지가 말했다. "타임머신 태워 돌려보내게."

아이들은 다시 소파에 앉았고, 텔레비전에서 닥터 후가 세상을 구하는 동안 비스킷을 맛있게 다 먹었다.

그때, 현관문이 열렸다.

"일찍 오셨네." 랏지가 눈썹을 올리며 말했다.

"케이크 가져왔어요?" 펀이 소리 높여 물었다.

아빠가 현관으로 들어오며 말했다. "그리 성공적이진 못했단다."

"식당에서 나가라고 하지 뭐야." 엄마가 덧붙였다.

"매니저가 야박했어." 아빠가 신발을 벗으며 계속 말했다. "음식을 남기는 것도 싫고 음식 낭비가 문제라는 데 동의한다면서도 그러더구나."

그것 참 안됐네요. 로리는 속으로 생각했다.

엄마가 소파로 와 털썩 앉았다. "셰프 제프 말대로 손님들이 남긴 음식이 많긴 하더라."

"그건 정말 실수였어." 아빠가 말했다.

"무슨 실수를 하셨는데요?"

아빠도 소파에 앉았다. "인도식 커리 한 접시가 빈 테이블에 놓여 있었어. 거의 손도 안 댄 상태였지. 그래서 우린 바로 가서 먹기 시작했어."

"정말 맛있었어!" 엄마가 말했다.

"하지만 알고 보니 그 테이블의 남자 손님이 화장실에 간 거였어. 남긴 음식이 아니었던 거지. 그래서 그 손님이 돌아오자마자 한바탕 소란이 일었단다."

"그래서 쫓겨난 거예요?"

"쫓겨났다고 말하고 싶진 않구나. 우린 자발적으로 나왔으니까. 거기 있던 모든 손님들한테 사과하고 나왔단다. 굉장히 정중하게 말이야."

엄마가 고개를 끄덕였다. "그 남자 손님의 밥값도 모두가 보는 앞에서 계산해주고 나왔지."

"다 오해 때문이었어." 아빠가 말했다.

"웃겼지, 정말." 엄마가 미소를 지으며 말했다. "너희도 그 남자 손님 표정을 봤어야 하는데!"

그러고는 전혀 모르는 사람들이 자기 테이블에 앉아 음식을 먹는 걸 남자 손님이 봤을 때의 표정을 재연하기 시작했다. 커리에 찍어 먹는 차파티 빵 반쪽을 돌려주는 흉내를 내며 아빠도 재연에 동참했다.

편이 활짝 웃음을 터트렸다.

“이젠 절대 아무 음식이나 고르진 않으시겠네요.” 랏지가 장난치듯 말했다.

“랏지, 이거 장난 아니야!” 로리가 갑자기 소리쳤다. “오빠 부모님이 남의 음식을 먹다가 걸렸다고 생각해봐!”

“로리! 무례하게 굴면 안 돼.”

“무례하다고요?” 로리의 얼굴이 새빨개졌다. “엄마는 남의 음식을 함부로 먹은 거예요. 그게 바로 무례한 거라고요!”

“좋은 지적이야.” 편이 말했다.

“그래, 고맙구나.” 엄마가 벽에 걸린 시계를 보더니 편을 향해 말했다. “양치하고 침대로 갈 시간이야.”

편이 느릿느릿 일어났다.

랏지도 재빨리 일어났다. 그리고 나가기 전에 로리를 흘긋 보며 말했다. “너무 걱정하지 마. 학교 친구들이 그 광경을 봤을 확률은… 제로에 가까우니까.”

로리의 심장이 뛰었다. 제로에 가깝다는 게 제로라는 말은 아니다.

“누가 봤다면? 만약 찰리가 봤다면 우리 부모님이 미쳤다고 생각했을 거야!”

“아무도 안 봤다곤 말할 수 없겠지.” 엄마가 눈을 크게 뜬 로리를 보며 말했다.

"엄마, 아빠가 저지른 범죄가 학교에 소문나면, 아무도 제 제품을 사지 않을 거예요. 자이납과 에밀리아도 저랑 같이 놀려 하지 않을 거고요!"

아빠가 머리카락을 손으로 훑어 넘기며 말했다. "실수로 커리 한 입 먹은 걸로 범죄자가 되진 않는단다."

엄마가 다시 소파에 기대며 말했다. "주변에 사람은 거의 없었어, 로리."

"요즘은 주변에 단 한 명만 있어도, 그 사람이 영상을 찍는다고요. 그 영상이 〈학교 이야기〉에 올라가기라도 하면…."

"혹시 그러더라도 사람들은 재밌는 포인트만 볼 거야." 아빠가 말했다.

"대체 거기에 무슨 재미가 있는 건데요?" 로리는 너무나 화가 나서 펄쩍펄쩍 뛰었다. "맨날 음식 낭비 얘기! 이건 너무 심하잖아요! 엄마, 아빠가 하는 행동이 저한테 미칠 영향 같은 건 하나도 생각 안 하시죠?"

"우린 언제나 너랑 펀한테 미칠 수 있는 영향을 고려하면서 행동한단다." 엄마가 날카롭게 말했다. "널 기후변화 시위에 데려가려는 이유가 바로 그건데."

"절대 그럴 일 없어요!"

로리는 계속 씩씩대면서도 충격에 빠진 부모님 얼굴을 보며 한편으론 불안을 느꼈다. 하지만 이젠 되돌릴 수 없었다.

"학교 마켓 데이가 기후변화 반대 시위하고 같은 날에 열려요.

그래서 전 못 가요."

"학교 마켓 데이에 가겠다고?" 엄마가 화난 얼굴로 말했다. "로리, 미안하지만 그날 다른 할 일이 있어서 학교에 못 간다고 해."

"그날 시위는 정말 중요한 행사야." 아빠가 맞장구쳤다. "미래를 위한 일이잖니. 너와 그리고…."

"마켓 데이도 미래를 위한 일이에요, 아빠. 제 미래요!"

엄마와 아빠가 서로 쳐다봤다.

아빠가 크게 한숨을 쉬며 말했다. "부모로서 옳은 일이라면 자식이 원치 않아도 시켜야 할 때가 있단다…."

"저도 제 스스로 원하는 걸 결정할 권리가 있어요. 아무튼 전 그렇게 할 거예요."

말을 마치자마자 로리는 바로 위층으로 뛰어 올라갔다. 그리고 침대 베개에 얼굴을 파묻으며 생각했다. 지구를 지키기 위한 운동이 좋은 일이란 걸 누가 모르겠어. 하지만 이번만큼은 안 돼….

chapter 16

@혁신가들 여러분, 마지막 주 월요일입니다! 판매, 판매, 판매를 위한 날이 5일 밖에 남지 않았군요. 5일이 지나면 주말 마켓 데이가 열립니다. 이날은 친구들과 가족들이 모두 함께 판매를 도울 수 있죠. 이제 일분일초가 아까운 시기입니다, 여러분. 다음 주에는 우승자가 발표되니까요.

월요일이 되어 학교에 갔지만, 로리는 시위에 참석하지 않겠다고 부모님을 실망시킨 것 때문에 여전히 기분이 좋지 않았다. 오늘 아침에도 펀과 함께 시리얼 한 그릇을 조용히 먹고 나왔다.

로리는 쉬는 시간에 혼자 운동장을 거닐다가, 자이납과 에밀리아한테 새로 산 개인 맞춤형 운동복 바지를 자랑하고 있는 애니와 조를 만났다.

"그거 진짜 멋지다." 자이납이 말했다. "바느질이 완벽해."

파란색 운동복 바지 아래쪽에는 짙은 자주색으로 이름이 수놓아져 있었다.

"짙은 회색도 잘 어울릴 텐데." 에밀리아가 수놓은 곳을 손으로 만져보고는 자이납과 로리한테 말했다. "우리도 사러 갈래?"

"자주색으로 수놓을 수 있다면, 그래!" 자이납이 말했다. "같은 색으로 해도 상관없지?"

"당연하지!" 애니와 조가 동시에 대답했다.

"그럼 나도 같은 걸로 할래." 에밀리아도 맞장구쳤다.

"괜찮은 생각이야." 조가 미소를 지으며 물었다. "로리, 넌 어떻게 할래?"

로리는 예쁘게 이름이 수놓아진 자주색 자수를 봤다. 핫초코 사 마실 돈도 없는데 운동복 바지라니… 로리에겐 너무 사치스러운 물건이었다.

"너도 꼭 같이 사야 할 필요는 없어." 자이납이 로리의 표정을 보고 재빨리 말했다. "혹시 뭐, 네가…."

"혹시 지갑을 안 가져왔다면 말이야." 에밀리아가 덧붙였다.

로리는 좋게 포장할 말을 열심히 찾았다. 돈이 없다는 말을 어떻게 설명할지 말이다. 이 어색한 분위기가 너무 싫어. 어느 세월에 뷰티 사업가가 되겠어. 그리고 난 지금 당장 돈이 필요한데!

조가 물었다. "뭐 걱정되는 거 있어?"

"오, 이런! 혹시 지갑 잃어버렸니?" 당장 눈물이라도 흘릴 것 같은 로리의 표정을 보고 애니가 물었다. "혹시 버스 카드도 그 안에 있었던 거야?"

"우리가 오늘 쓸 돈을 좀 빌려줄까?" 조가 운동복 바지를 가방에 집어넣으며 말했다. "점심도 우리 걸로 같이 먹고…."

"아니! 고맙지만, 괜찮아."

로리의 목이 잠겼다. 대회가 끝나고 찰리와 수익을 나눌 때까지는 운동복 바지는커녕 아무것도 살 수 없는 자기 처지가 서러웠다. 그래도 다음 달이면 에밀리아 생일에 최소한 핫초코 한 잔 정도는 사줄 수 있겠지.

"지금 꼭 결정하지 않아도 돼." 자이납이 말했다.

"맞아. 너무 깊이 생각하지 마." 에밀리아가 로리의 어깨에 팔을 두르며 말했다.

"고마워."

로리는 당장 화장실로 달려가 칸막이 안에서 조용히 소리를 지르고 싶었다.

그때, 조가 말했다. "잠깐, 돌아보지 마."

하지만 모두가 즉시 고개를 돌렸다.

찰리와 벤 햄프턴이 운동장 가장자리에 같이 서 있었다. 그 모습은 둘이 사귀고 있다는 소문이 돌기에 충분한 증거가 될 만했다. 찰리는 계속해서 벤한테 뭔가를 말하고 있었고, 벤은 잠자코 들으면서 미소를 짓고 있었다.

그러다 찰리가 로리와 친구들을 발견하고는 손을 흔들었다. 그러더니 마치 수천 개의 별빛을 담은 듯 빛나는 머리칼을 흩날리며 로리 쪽으로 걸어오기 시작했다.

에밀리아가 땀을 흘리며 말했다. "나, 사물함에 수영 가방 두고 온 것 같아!"

"오후에 수영 시간 없어." 애니가 안심시키듯 말했다.

"지금 가져오면 하루 종일 들고 다녀야 해." 조가 말했다.

"아니, 지금 필요해!"

에밀리아가 그렇게 말하고 잽싸게 사라졌다.

자이납이 로리를 보며 말했다. "내가 같이 가볼게."

애니와 조도 다음에 또 보자고 말하고는 자리를 떴다.

로리의 얼굴이 화끈거리기 시작했다. 로리는 주머니에서 머리끈을 꺼내 머리를 발레리나처럼 동글게 말아 묶었다.

찰리는 로리한테 다가오자마자 곧바로 대회 이야기를 꺼냈다.

"자, 지금까지 우리가 한 일은 〈혁신가들〉 대회에서 말하는 대규모 노출이었어. 브이로그는 정말 성공적이었지. 하지만 이젠 이걸 바탕으로 학교 마켓 데이를 위한 판매를 준비해야 해. 이번 주 일요일인 거 알지?"

로리는 고개를 끄덕였다. "알아."

로리는 지난밤 펀이 기후변화 시위 때 입을 의상을 만드는 걸 도왔다. 시위와 학교 마켓 데이가 겹치는 바람에 부모님과 충돌하고 가족과 함께하지 못하는 게 계속 마음에 걸렸기 때문이다.

로리는 입술을 깨물었다. "학교 마켓 데이가 중요하다는 건 알아. 하지만 난 그날 마을에서 기후변화 시위가 있어서, 끝나기 전까지 거기에 가봐야 해. 그러니까 그 이후부턴 네가…."

"뭐라고? 말도 안 돼. 마켓 데이는 판매량을 확보하고 가장 큰 수익을 올릴 좋은 기회란 말이야."

"그냥 조금 일찍 가는 것뿐이야!"

"이건 엄청난 대회야! 지금 우린 우승을 거의 눈앞에 두고 있다구. 이제 와서 망치지 마."

로리는 주먹을 꽉 쥐었다. "그래. 그건 그렇고 이따 도서관에서 아이디어 회의 좀 할까?"

"아니, 난 짐 싸야 해서. 내일 생물학 견학이 있거든. 3일 동안 학교에 없을 거야. 그동안 네가 마무리를 해줘."

"뭐?"

로리의 속이 부글부글 끓었다. 대회 마지막 주에 견학 간다는 걸 왜 미리 말해주지 않은 거지?

"걱정 마. 멀리 안 가고 웨일스로 가니까. 석호와 석회암 암초를 보러 가기로 했거든. 물개랑 돌고래도 볼 수 있어. 안 갈 수가 없다니까!"

"하지만 미리 알려주지 않았잖아! 나 혼자선 다 마무리할 수 없을 거야."

찰리가 특유의 환한 미소를 띠며 말했다. "넌 할 수 있어!"

그러고는 로리한테 다가와 점퍼 위로 로리의 넥타이를 빼내더니, 자기 것과 똑같이 보이도록 다시 넥타이를 매줬다.

"교복이 패션 감옥 같다고 해서 멋지게 입지 말라는 법은 없지."

"고마워." 로리는 작게 중얼거렸다.

하지만 로리는 자이납과 에밀리아가 넥타이를 보기 전에 다시 원래대로 해놔야겠다고 생각했다. 찰리 방식의 넥타이를 맨 채로 친구들을 볼 수는 없었다. 로리는 넥타이를 내려다봤다. 근데 너무 예뻐 보이는걸! 〈스타일파일〉에 올려도 될 정도로!

"자, 이제 우리에겐 새로운 게 필요해. 애들이 깜짝 놀랄 만한 거. 〈혁신가들〉에 따르면 우린 제품을 판매하기보단 꿈을 판매해야 해."

로리는 침을 삼키고 말했다. "알겠어."

학교 마켓에서 가장 중요한 건 제품이나 서비스를 흥미로운 방식으로 포장하는 것이다. 그래야 많은 사람들이 매장을 찾아올 테니까. 거기에 할인을 해주거나 실질적인 가치를 더할 수 있는 새로운 뭔가를 주는 것도 좋다.

"화제를 끌 사람을 찾아봐. 제품을 그냥 테이블에 올려놓기만 할 순 없으니까. 우린 경험을 제공해야 해." 찰리가 날카로운 눈길로 로리를 보며 말했다. "그리고 뭘 하든 망치지 마."

다음 날, 찰리가 〈학교 이야기〉에 올린 게시물은 생물학 견학 이야기로 가득했다. 협곡 산책, 야외 수영, 하구 생태계 견학 등 놀라운 사진들이 계속 올라왔다. 물론 찰리의 피드는 셀카 사진으로 가득했고, 마치 거기까지 가서도 패션 화보 촬영 중인 것 같았다. 물론 대회 이야기도 빼놓지 않았다.

@스타일파일 얼굴이 바닷바람을 맞고 있어. 그래서 '피부의 속삭임'와 토피팝을 가지고 왔지. #해변미녀 #바다피부

@스타일파일 내 성격을 다 표현해줄 향수를 찾기가 정말 어렵다는 걸 알게 됐어. 그런데 @미녀와부엉의 카리스마 향수가 나한테 딱 맞지 뭐야!

"핸드폰 끄렴." 아빠가 백미러로 로리를 보며 눈썹을 치켜세웠다. "가족과의 시간이잖니."

"네."

로리는 도로를 달리며 덜컹거리는 차창에 머리를 기댔다. 엄마는 양성 평등을 위한 모임에 참석했고, 랏지는 기술자 친구와 함께 묘목 농장을 보러 갔고, 로리는 지금 아빠와 함께 우쿨렐레 수업이 끝난 펀을 데리고 가는 길이었다.

그런데 아빠가 가는 도중에 슈퍼마켓 근처에 차를 세웠다.

"우리 거기 가는 거예요? 야호!" 펀이 소리쳤다.

"그리 많이 필요하진 않아." 아빠가 말했다. "끓여 먹을 차 조금만 가져오면 돼. 베이글하고 수프도 가져올까? 파스타도? 뭘 갖다 줄까?"

"쓰레기통에 있는 건 뭐든 가져오면 좋을 것 같아요." 펀이 두 손을 모으며 마치 연극하듯 말했다.

쓰레기통이라고? 로리는 당황했다.

"푸딩도 얻을 수 있을 거야."

"오 예!"

"싫어요!" 로리는 큰 소리로 말했다. "우리, 저녁 먹으러 집에 가는 중이라고 했잖아요! 전 안 해요! 대회 마지막 주란 말이에요. 지금은 안 돼요."

"아빤 직접 쓰레기통에 들어가는 게 처음이야. 너희하고 같이 하면 재밌을 것 같구나."

"지난주에 그 얘긴 다 끝난 줄 알았어요. 그리고 슈퍼마켓들이 소셜 미디어에 쓰레기통을 뒤져 음식을 가져가는 게 싫다는 메시지를 올렸다고 엄마가 그랬잖아요."

"그건 그 사람들이 잘 모르고 하는 말이야. 엄마가 말했듯이 별 문제 없어. 쓰레기통에 버려진 음식물을 꺼내 가는 건 아무 범죄도 아니야."

"집에 가서 죽이나 시리얼 만들어 먹으면 돼요. 뭐든 새걸 먹고 싶어요."

"쓰레기통에 있는 물건들도 새거야!" 아빠가 웃으며 말했다. "얼마 전만 해도 슈퍼마켓 선반에 있던 것들이잖니. 그냥 쓰레기통으로 옮겨 온 것뿐이야."

"맞아요." 펀이 맞장구쳤다. "빨리 가요."

로리는 체념했다. 계속 목소리를 높이고 있느니 차라리 누가 보기 전에 재빨리 쓰레기통에 갔다 오는 게 낫겠다는 생각이 들었다. 아무도 안 보면 상관없지 뭐.

쓰레기장으로 달려가 첫 번째 쓰레기통을 연 로리는 놀라서 비명을 질렀다. 이거, 꿈인가? 내가 잘못 본 건가? 로리는 자기가 본 게 정말 맞는지 다시 확인했다. 샐러드, 빵, 비스킷 대신에 초콜릿 잼 통이 수백 개나 있었다. 수백 개나! 포장도 그대로. 라벨도 그대로. 게다가 유통기한은… 다음 주까지였다.

펀과 아빠가 로리의 뒤를 따라왔다.

"뭔데 그러니?"

"언니, 괜찮아?"

펀과 아빠가 쓰레기통 안을 들여다봤다.

"와! 대박!" 펀이 통을 하나 꺼내며 외쳤다.

아빠도 입을 떡 벌렸다.

"정말 많아요!" 로리가 말했다. "다른 사람들한테 나눠줘도 되겠어요."

"하지만 우리 것도 좀 챙겨야지." 펀이 걱정스럽게 말했다.

"그럼." 아빠가 말했다. "너희 엄마 말이 맞았어. 낭비되는 음식에 대해 한번 알고 나면 눈에 정말 많이 띈다고 그랬잖아."

아빠가 쓰레기통 안으로 허리를 굽히고 통들을 꺼내 펀한테 건네기 시작했고, 펀은 그걸 받아서 옆에 쌓았다.

"영차!"

그때, 어떤 여자가 쓰레기통 옆의 뒷문으로 나왔다. 보안등이 켜졌고, 불빛 때문에 여자의 몸과 얼굴은 만화 속 실루엣처럼 잘 보이지 않았다.

아빠가 말했다. "여긴 괜찮아요!"

"여긴 괜찮아요!"라는 말은 예전에 엄마가 쓰레기통을 뒤지다

직원이 다가오면 하라고 알려준 말이었다. 쓰레기통을 뒤지는 사람들이 직원들과의 갈등을 피하기 위해 하는 말이라고 했다.

여자가 로리 가족을 향해 걸어왔다.

아빠가 말했다. "얘들아, 당황하지 마. 직원들도 이런 상황을 대부분 안타까워한단다. 멀쩡한 걸 박스째 쓰레기통에 넣잖니."

"하지만 안 좋은 상황인 것 같아요, 아빠!" 무서운지 펀이 약간 떨리는 목소리로 말했다.

로리는 펀의 손을 꼭 잡았다. "괜찮아, 펀. 괜찮을 거야."

여자가 로리 가족한테 가까이 왔을 때, 그녀의 눈썹이 올라갔다. "말콤 맞아요? 말콤 라크시?"

로리는 깊은 숨을 내쉬었다. 안도감에 모든 세포가 침착해지는 것 같았다.

아빠가 예전에, 직장에서 문제를 겪고 있을 때 도움을 준 적이 있다는 모린 아주머니였다. 아빠가 속한 노동조합에서 아주머니를 대신해 법적인 절차를 도와줬고 소송에서 이겼다고 한다.

"이 쓰레기통들은 매일 밤 비워져요." 모린 아주머니가 말했다. "나도 이 음식들이 다 버려지는 게 싫더라고요. 다른 직원들 눈에 띄기 전에 쓸 만한 것들을 얼른 챙겨요."

그 말을 듣고 로리 가족은 닥치는 대로 버려진 음식들을 한 아름 챙겨서 차로 달려갔다.

"뭐, 이 정도면 충분해." 아빠가 말했다. "우리 때문에 모린 아주머니가 난처해지면 안 되지."

차에 올라탄 로리 가족은 초콜릿 샌드위치, 초콜릿 팬케이크, 초콜릿 아이스크림 토핑, 딸기와 바나나를 찍어 먹을 초콜릿 시럽을 만들어 먹자는 이야기를 나누며 집으로 향했다.

"진짜 초콜릿 잼이에요!" 펀이 마치 꿀단지를 발견한 곰돌이 푸처럼 통을 꼭 잡고 윗부분을 퍼 먹으며 말했다.

"너무 많이 먹진 마." 아빠가 말했다.

"기후변화 시위에서 사람들한테 나눠줄 초콜릿 과자를 만들면 되겠어요." 펀이 말했다. "나, 벌써 브랜드도 만들고 로고도 만들었어, 언니. 엄마는 그걸 프린트해서 포장지에 붙이면 그럴듯한 과자처럼 보일 거라고 했어."

"멋지다." 로리가 말했다. "기대되는걸."

"이름은 '쓰레기 미식가'야." 펀이 초콜릿을 머금어 두터워진 목소리로 말했다.

"쓰레기 미식가라고? 괜찮네." 아빠가 운전대를 손으로 두드리며 말했다.

펀이 신나서 로리를 꽉 끌어안았다. 펀의 손이 초콜릿 때문에 끈적였지만 로리는 신경 쓰지 않았다.

초콜릿, 초콜릿, 초콜릿.

그때, 로리한테 아이디어가 떠올랐다. 이거야! 시위뿐 아니라 학교 마켓 데이 홍보 때도 초콜릿을 쓰는 거야! 초콜릿 스파!

chapter 17

로리는 찰리가 〈학교 이야기〉에 올린 셀카 사진을 봤다. 침대에 누운 채 핸드폰을 옆으로 잡고 립글로스의 광택을 자랑하고 있었다. 머리카락의 한쪽은 마치 꽃이 피어 있는 것 같았다. 머리를 꼬아 감은 후, 그걸 장미 모양으로 고정한 것이었다.

별다른 효과 없이도 찰리는 충분히 아름다워 보였다.

@스타일파일 방금 일어났어요. #실스&스파클스숙소

"초콜릿 스파라고? 난 좋아." 찰리는 로리가 전화로 아이디어를 설명하자마자 바로 좋다고 대답했다.

"새 초콜릿 마스크팩을 만들면 누구나 관심을 가질 거야! 그게 히트 치면 남은 제품도 다 팔 수 있을 거야. '피부의 속삭임', 카리스마, 토피팝까지 모두 다."

"당장 하자."

로리가 숙소의 이층 침대를 볼 수 있도록 찰리가 핸드폰을 돌렸다.

"다들 어디 있어?"

"나도 몰라." 찰리가 하품을 하고는 기지개를 켰다. "와, 벌써 아침이라니, 믿기지 않네."

"진하고 두꺼운 카카오 마스크팩을 만들 수 있을 것 같아. 집에 코코넛오일만 빼고 모든 재료가 있거든."

"우리 엄마한테 코코넛오일이 있을 거야. 내가 갖다 줄게."

"정말? 지금 여쭤봐줄 수 있어?"

"엄마는 늘 바빠서 바로 대답해주시진 않을 거야." 찰리가 머리카락을 살짝 넘기며 말했다. "내가 그냥 갖다 써도 모르실걸."

"알았어."

찰리의 표정이 조금 슬퍼 보였지만, 로리는 무슨 말을 해야 할지 몰라서 가만히 있었다. 찰리는 예측할 수 없는 사람이라서 로리가 어쭙잖은 위로를 했다간 화를 내거나 조롱할지도 모르기 때문이다.

"그리고 내가 코코넛오일을 갖다 주면 너희 엄마가 고생하지 않으셔도 될 거야! 코코넛오일 구하러 슈퍼마켓에 가서 쓰레기통을 뒤지실 텐데."

로리의 얼굴이 빨개졌다. "찰리!"

찰리가 침대에 앉아 다리를 쭉 뻗었다. "진정해. 농담이야!" 그러고는 사업가 같은 말투로 바꿨다. "아무튼 우리가 필요한 모든 걸 갖추고 나면 큰 수익을 낼 수 있을 거야. 내가 소셜 미디어 활동을 열심히 할게. 이번 주는 대회에서 가장 중요한 한 주야. 너 때문에 티데이트 팀과 갈등이 생긴 것 같은 실수는 더 이상 없어야 해."

"그건 나 때문이 아니…."

"어떤 것도 내, 미안, 우리의 소셜 이미지보다 더 중요한 건 없…."

"너, 여기 있었구나!" 갑자기 피츠패트릭 사감 선생님이 나타났다. "왜 여기 있니? 다들 암초 지대 식물에 대한 학습 계획표를 짰는데."

찰리가 하품을 하며 대답했다. "방금 일어났어요."

"방금 일어났다고? 찰리 슬로스! 오늘 아침에 화장실에서만 한 시간 있었던 거 다 알아. 내가 직접 봤어. 다른 아이들은 이미 미니버스에 전부 탔으니까 당장 일어나서 나와!"

화면에서 찰리가 사라졌다.

초.콜.릿. 로리는 다른 생각을 할 겨를이 없었다. 녹인 초콜릿, 카카오 파우더, 초콜릿 가루, 부드럽고 크림 같은 초콜릿 소스…. 로리는 이걸로 마스크팩을 만들고 싶었지만 레시피가 고민이었다. 벌써 대회 마지막 주 수요일이고, 찰리가 올린 포스팅은 전혀 도움이 되지 않았다.

@스타일파일 초콜릿을 좋아하세요? 그럼 이제 얼굴에 바르세요! 초콜릿 스파=멋진 얼굴. 탄력 있고 촉촉한 피부를 만들 기회입니다. #대박

에밀리아와 자이납이 카페에 가서 초콜릿 프라페를 먹으며 로리가 만든 신상 초콜릿 마스크팩을 직접 테스트해주겠다고 제안했다. 로리는 친구들이 먼저 도와주겠다고 해줘서 고마웠다. 꽤 오랫동안 친구들과 어울려 다니지 못한 터였다.

평소처럼 자기는 수돗물 한 컵 마시면 된다고 말하고, 로리는 자리가 난 테이블에 먼저 가서 앉았다.

테이블 위에는 누군가 먹다 남긴 케이크 반 조각이 놓여 있었다. 로리의 배가 꼬르륵거렸다. 엄마 말이 어느 정도 맞는 것 같았다. 버려진 음식에 대해 신경 쓰기 시작하면 어딜 가든 그게 눈에 들어온다. 특히 피곤하고 배가 고플 때는 더.

자이납이 특대형 초콜릿 프라페 한 잔과 종이 빨대 세 개를 들고 왔다. 로리가 직접 만든 마스크팩을 건네주는 동안, 자이납은 테이블 위에 프라페를 놓고 빨대 세 개를 세팅했다. 그런데 실내가 더워서 마스크팩에 묻은 카카오 가루와 으깬 바나나 혼합물이 계속 밑으로 떨어졌다.

“미안!” 로리는 휴지를 물에 적셔서 친구들의 셔츠를 두드려 닦아줬다. “셔츠가 망가지면 안 되는데!”

“괜찮아. 냄새는 좋네.” 에밀리아가 웃었다.

“그렇게 말해줘서 고마워.”

로리의 손이 무의식중에 넥타이로 갔다. 로리는 지난번 찰리가 묶어준 방식이 마음에 들어서 저녁에 넥타이를 풀지 않고 두었다가 아침에 그대로 다시 맸다. 하지만 로리가 넥타이를 만지작거리는 걸 보며 자이납과 에밀리아가 서로 은밀히 눈빛을 주고받았다. 그 순간 로리는 자이납과 에밀리아가 자기로부터 한층 멀어진 것 같았고, 반대로 그 둘은 그 어느 때보다도 친해 보였다.

초콜릿 마스크팩에서 내용물이 에밀리아의 볼로 한 방울 떨어지더니 초콜릿 프라페 안으로 들어갔다.

"괜찮아. 먹을 수 있어!" 에밀리아가 웃었다.

"누운 채로 붙이면 더 나을 것 같아. 너희 집에 가서 붙여봐도 돼?" 자이납이 물었다.

"맞아! 그거 재밌겠다." 에밀리아가 맞장구쳤다.

"우린 버스 오래 타도 상관없어." 자이납이 말했다. "사실 너희 집에 아직 한 번도 못 가봤잖아."

"솔직히, 그건 별로야." 로리가 말했다. "꽤 오래 걸리거든."

에밀리아와 자이납이 또 서로 눈빛을 주고받았다. 왠지 기분이 상한 듯 보였다.

로리가 주제를 바꾸기도 전, 찰리의 친구 올라와 엘리스가 로리네 테이블로 다가왔다. 올라와 엘리스는 손으로 입을 가린 채 웃고 있었다.

몇 초 후, 로리의 핸드폰이 울렸다.

@스타일파일 그 신상 초콜릿 마스크팩, 제발 네 친구들 얼굴에 붙이지 좀 마!

@미녀와부엉 왜?

@스타일파일 올라랑 엘리스가 봤는데, 아기 얼굴에 이유식 묻힌 것 같대! 그럼 절대 우리가 홍보하는 프리미엄 제품이 될 수 없어!

로리는 얼굴이 빨개져서 앞에 앉은 에밀리아와 자이납을 쳐다봤다. 찰리의 말대로 끈적한 초콜릿 푸딩을 얼굴에 잔뜩 묻힌 아기들 같아 보였다.

@스타일파일 올라가 그러는데, #못생긴얼굴챌린지라도 하는 것 같대.

"너희들, 그거 이제 떼어내!"

"왜?"

"찰리가 봤대." 로리는 목구멍이 따가워지는 걸 느끼며 말했다. "찰리가 당장 떼어내래."

자이납이 얼굴을 찡그렸다. "왜 그래야 하는데? 난 이거 좋아. 그리고 내 얼굴이지 찰리 얼굴이 아니잖아."

"너희가 그걸 떼어냈다는 걸 찰리한테 확인시켜줘야 해." 로리는 속이 메스꺼워졌다. "너희가 그걸 붙이고 있는 모습이 알려지면 프리미엄 제품이 될 수 없대."

"프리미엄?"

자이납이 크게 말하면서 코를 킁킁거리자 마스크팩 시트 아래쪽이 떨어져 나갔다.

로리의 핸드폰이 다시 울렸다.

"그거 꺼." 에밀리아가 말했다.

로리는 충격을 받았다. 에밀리아가 자기한테 그렇게 날카롭게 말한 건 처음이었다. 더 나쁜 상황은, 가장 친한 두 친구가 자기 때문에 상처 받고 혼란스러워하는 것처럼 보인다는 거였다. 에밀리아가 프라페를 호로록거리며 먹는 동안 어색한 침묵이 흘렀고, 자이납은 조심스럽게 마스크팩을 떼어냈다.

로리의 핸드폰이 또 울렸다.

에밀리아가 로리의 핸드폰을 봤다. "넌 우리랑 카페에 온 거지, 찰리 연락이나 기다리려고 온 건 아니잖아!"

"울리는 걸 어떡해!"

"사실 우린 네가 카페에 같이 간다고 했을 때 좀 놀랐어." 자이납이 에밀리아와 시선을 주고받은 후 다시 말했다. "우리랑 오랫동안 같이 놀지 않았잖아!"

에밀리아가 눈썹을 올리며 말했다. "솔직히 우린 좀 상처 받았어, 로리."

"잠깐! 나 빼고 너희 둘이서만 다닌 것도 사실이잖아."

로리는 당황스러웠다. 상처 받은 쪽은 오히려 로리였다. 에밀리아와 자이납이 둘이서만 피자를 먹으러 간 사실을 알았을 때도 그랬고, 둘이서만 운동복 바지를 맞춰 입었을 때도 그랬다.

그때 올라와 엘리스가 테이블 앞으로 와서 멈춰 섰다. 올라가 기침을 하며 말했다. "찰리가…."

자이납이 의자에 걸쳐둔 코트를 집어 들었다. "찰리가! 찰리가!" 아주 화난 목소리였다.

로리는 속이 상했다. "앉아봐, 자이납! 얘기 좀 하자."

"얘기한다고 해결될 것 같진 않아."

"너, 찰리 전화 받아야 하잖아." 에밀리아가 비꼬듯 말했다.

로리의 핸드폰이 테이블 위에서 계속 울리고 있었다. 로리는 전화를 받고 싶지 않았다. 로리의 머릿속이 점점 하얘졌다. 전화를 받지 않으면 찰리가 어떤 못된 짓을 할지 두려웠다.

로리는 찰리가 사람들이 많은 데서 자기를 향해 '쓰레기 걸'이라고 비아냥대는 장면을 상상했다. 게다가 대회에서 우승하지 못하면, 지금까지 해온 노력이 다 물거품이 될 뿐 아니라 찰리가 두고두고 복수를 할 게 뻔했다.

로리는 손으로 핸드폰을 집으며 말했다. "딱 2분만 통화할게. 그거면 돼!"

하지만 자이납은 냅킨으로 얼굴을 닦았고, 에밀리아도 얼굴을 닦았다.

찰리의 전화를 받는 순간, 에밀리아와 자이납은 카페를 나갔고, 로리 혼자만 남았다.

"언니, 무슨 일 있어? 아직 안 자는 거 맞지?" 펀이 이층 침대 위에서 발을 휘저으며 말했다. "문제가 있으면 나눠야지."

"나누면 배가 되지. 너까지 알 필요 없어, 펀."

"나누면 반으로 줄어들지!" 펀이 침대 위에서 몸을 홱 돌리며 말했다. "지금 언니가 고민하는 문제가 뭔지만 말해줘." 그러고는 아래로 잽싸게 내려와 로리 옆에 누워 이불을 둘렀다.

로리는 큰 눈과 주근깨가 난 작은 코를 가진 펀의 얼굴을 바라봤다. 펀한테 지금 자기가 느끼는 감정을 어디서부터 어떻게 말해야 할지 알 수가 없었다.

로리는 카페에서 자이납, 에밀리아와 했던 대화를 떠올렸고, 친구들이 어떤 심정이었을지 이해해보려고 노력했다. 정말 기분이 나빴겠지. 친구들이 나간 뒤 로리 역시 기분이 상했다. 찰리가 전화를 받자마자 소리를 지르면서 좀 더 잘할 수 없냐는 식으로 다그쳤기 때문이다.

"초콜릿 마스크팩을 잘못 만들었어. 너무 끈적하고 두꺼웠거든."

"언니, 잠깐만."

펀이 침대에서 뛰어내려 전등을 켜더니 밖에서 초콜릿 잼 통을 가지고 돌아왔다. 그리고 초콜릿 잼을 마치 에센셜오일인 것처럼 로리의 손목에 한 방울 떨어뜨렸다.

"우린 먹을 수 있는 뷰티용품을 만들고 싶어 했잖아."

"그래, 딸기 젤리 향수처럼 말이야."

"그리고 블러드 오렌지 입욕제도! 눈 감아봐."

로리는 바로 누웠다.

펀이 마치 명상을 유도하듯 몽롱하고 붕 뜬 목소리를 냈다.

"몸을 편안하게 두고, 발라둔 초콜릿과 하나가 되어보세요. 향을 들이마시고 감각이 배 아래까지 내려가게 하세요…."

로리는 눈을 감았다. 사실 이건 말이 안 된다고 생각했다. 그렇긴 해도 생각보다 차분해지고 기분이 괜찮았다.

"자, 이제까지 먹은 음식 중 초콜릿이 많이 들어간, 가장 맛있는 음식을 떠올려보세요…."

로리는 문득 초콜릿 마스크팩을 어떻게 만들어야 할지 영감이 떠올랐다.

chapter 18

@혁신가들 마지막 주 목요일입니다, 여러분! 학교 마켓 데이가 곧 시작됩니다!
매출을 올릴 수 있는 마지막 기회죠!

"넌 진짜 최고야, 알아?" 로리는 동생을 꽉 끌어안았다. 펀이 병아리콩 삶은 물을 섞어 만든 초콜릿 반죽을 얼굴에 바른 채 식탁에 누워 있었기 때문에 끌어안기가 쉽진 않았다.

'완전, 완전, 공짜 벼룩시장'을 처음 시작한 마리카 할머니가 로리 엄마한테 특별한 초콜릿 머랭 파이 레시피를 알려줬다. 머랭은 달걀흰자 대신 병아리콩 삶은 물을 넣어 거품을 내고, 초콜릿 크림은 카카오 파우더와 코코넛오일로 만든다.

로리는 펀의 말에 따라 가장 맛있는 초콜릿 음식을 떠올리다가 이 초콜릿 머랭 파이가 생각났고 마스크팩 레시피에 대한 영감을 받았다. 찰리가 코코넛오일을 제때 잘 갖다 준다면 모든 게 문제

없을 거라고 생각했다.

"내가 쫌 그렇지! 이제 알렉스랑 네이샤 얘기 좀 들어줄래?"

"물론이지."

하지만 로리는 자기의 우정 문제만으로도 이미 숨이 막히는 듯했다. 자이납과 에밀리아는 로리와 수업 중에 거리를 뒀고, 점심시간에도 함께 밥을 먹지 않았다.

로리는 초콜릿 반죽을 펀의 볼에 펴 바르며 말했다. "말해봐."

"쉬는 시간에 알렉스랑 네이샤가 난 립밤이 없으니까 같이 놀 수 없다는 거야."

"너, 립밤 있잖아!" 로리는 냉장고를 가리켰다. "저번에 터키 사탕 향으로 같이 만들어서 넣어놨잖아. 기억 안 나? 내일 꼭 갖고 가서 걔들이랑 같이 놀아!"

"네이샤가 내 건 집에서 만든 거라서 인정해줄 수 없대."

로리는 초콜릿 반죽 그릇을 식탁 위에 쾅 내려놨다.

"언니, 립스틱처럼 생긴 조그맣게 꼬인 립밤이 뭔지 알아? 그걸 써야 한대. 네이샤는 과일 향 나는 걸로 사 왔고, 알렉스는 풍선껌 향 나는 걸로 사 왔어. 그걸로 메이크업 놀이를 하는데, 내 립밤은 걔들처럼 '평범한' 립밤이 아니라서 어쩔 수 없대…."

로리는 혼란스러웠다. 엄마, 아빠가 늘 말하듯 단지 친구들과 어울리려고 새 물건을 사는 건 잘못된 게 맞지만, 이런 경우에는 상황이 다르다는 생각이 들었다. 로리는 대회에서 우승하면 카페에서 핫초코를 사먹기 전에 펀한테 립밤부터 사줘야겠다고 생각했다. 모든 향을 하나씩 다.

"그래서, 넌 뭐라고 했어?"

"난 그 립밤 절대 안 살 거라고 했어."

"왜?"

펀이 갑자기 일어나면서 말했다. "난 마트 립밤에 들어 있는 미세 플라스틱이 어떻게 우리 강과 바다를 거대한 플라스틱 수프로 만들고 있는지 걔들한테 말해줬어. 그 때문에 바다 속 식물들하고 동물들이 병에 걸려 죽어간다는 것도!"

그 바람에 펀의 볼에 붙어 있던 초콜릿 반죽 한 방울이 바닥으로 뚝 떨어졌다.

"그런 립밤을 만드는 회사들은 사람 건강에도 해롭고 지구를 파괴하는 제품을 팔아서 부자가 되는 거잖아!"

"와우~"

"끝이 아니야!"

"미안."

"그래서 그런 립밤을 쓰느니 같이 놀지 않겠다고 했지!"

"멋지다, 펀."

하지만 로리는 수건에 차갑게 식힌 캐모마일 차를 뿌려 펀의 얼굴을 닦아주면서 생각했다. 맞는 말이긴 하지만 그럼 학교생활하는 게 너무 힘들고 팍팍해질 텐데.

"친구들 반응은 어땠는데?"

"뭐, 딱히 좋아하진 않았지만, 그래도 나중에 네이샤가 와서 내 립밤도 맘에 든다고 말해줬어. 그래서 실버데일 중학교 여학생들은 내 립밤을 엄청나게 좋아한다고 알려줬지."

로리는 펀의 어깨에 팔을 둘렀다.

"그랬더니 우리 립밤을 하나 갖고 싶대. 터키 사탕 향으로. 하나 갖다 줄까?"

"아니."

그때, 랏지가 부엌으로 들어왔다.

"이게 다 뭐야?"

"학교에서 팔 초콜릿 마스크팩을 써보고 있었어."

"다음에 나도 한번 해줄래?"

"당연하지!"

로리는 씩 웃었다. 그리고 초콜릿 마스크팩 사진을 찍어서 찰리한테 보냈다.

@스타일파일 드디어 제 꿈의 마스크팩이 출시됐어요. 이거 말고 다른 건 이제 못 쓰겠어요. #최고의뷰티 #대박

이튿날, 로리는 수학 수업을 마치고 스페인어 수업을 들으러 갔다. 자이납과 에밀리아가 앞에서 나란히 걸어가고 있었다. 자이납, 에밀리아와 교실이 달라서 수업을 따로 들었지만, 방향이 같아서 예전에는 늘 함께 다녔었다.

그때 찰리가 갑자기 복도에 나타나 모두가 보는 앞에서 로리를 꽉 껴안았다.

"나, 벌써 초콜릿 마스크팩 주문받았어! 내가 올린 포스팅에 '좋아요'를 눌러준 모두에게 15퍼센트 할인 코드를 뿌렸거든. 학교 마켓 데이 때 반응이 정말 대단할 거야."

그 말을 듣자 로리의 마음속 깊은 데서 마치 새 떼가 하늘로 솟구쳐 날아오르는 듯한 느낌이 들었다. 로리는 일부러 더 빨리 걸어가는 것처럼 보이는 자이납과 에밀리아의 뒷모습을 쳐다봤다. 그리고 입술을 지그시 깨물었다.

"초콜릿 마스크팩은 다 준비된 거지?" 찰리가 물었다.

"거의. 하지만 코코넛오일이 다 떨어졌어. 그동안 번 돈으로 살까?"

"아니." 찰리가 고개를 저었다. "매출액을 높은 수준으로 유지하려면 최대한 비용을 줄이는 게 좋아. 나한테 맡겨. 내가 말했지? 코코넛오일 갖다 준다고."

"좋아."

다음 수업 시작종이 울렸다. 로리는 일부 코코넛오일 제품에 별로 좋지 않은 성분이 들어가 있어서 조금 걱정스럽긴 했지만, 찰리가 어느새 학생들 사이로 사라져버려서 그런 마음을 전할 수 없었다.

@혁신가들 오늘은 토요일! 학교 마켓이 곧 열립니다, 여러분! #준비해

@스타일파일 코코넛오일 준비됐어.

@미녀와부엉 좋아. 어디 거야?

찰리가 라벨이 보이는 사진을 보냈다.

오, 안 돼! 로리의 가슴이 쿵쾅거렸다. 이건 쓰면 안 된다고 꼭 말해줘야겠다는 생각이 들었다. 토피팝 홍보용으로 거짓말 섞인 브이로그를 공개했을 때는 대회를 위한 일이라 생각하고 겨우 넘어갔지만, 이번만큼은 그냥 넘어갈 수 없었다.

@미녀와부엉 찰리, 정말 미안한데 이건 쓸 수 없어. 너희 엄마랑 상관없이, 이 브랜드는 윤리적이지 못한 브랜드야.

@스타일파일 뭐라고?

@미녀와부엉 찰리! 이 회사는 코코넛을 따기 위해 어린이들의 노동력을 착취해. 정말이야! 다큐멘터리에서 봤어.

다큐멘터리에서 어린이들이 코코넛을 모으기 위해 위험할 정도로 빠르게 코코넛 나무를 기어오르는 장면을 떠올리면 지금도 마음이 아프고 속상했다. 찰리가 과연 그런 비윤리적인 회사의 제품을 쓰면 안 된다는 걸 이해할까?

@스타일파일 글쎄, 우리 엄만 모르셨을 거야!

@미녀와부엉 너희 엄마가 나쁘다는 게 아니야! 이 회사는 코코넛을 따기 위해 원숭이를 훈련시킨대. 그러면서 원숭이들을 학대하고, 쇠사슬에 묶어 상인들한테 넘기고…

@스타일파일 그래, 알았어. 하지만 지금은 다른 방법이 없어. 원숭이들을 구할 순 없지만, 초콜릿 스파는 구할 수 있잖아.

@스타일파일 님이 입력 중입니다…

@스타일파일 카카오랑 섞고 나면 어떤 브랜드를 사용했는지 누가 알겠어?

@미녀와부엉 그게 중요한 게 아냐. 원숭이 학대가 알려지면서 요즘 코코넛 불매 운동이 장난 아니거든. 학교에서 누구 한 명이라도 윤리적인 기업에서 산 거냐고 물으면 어떡해.

로리 옆에서는 엄마가 음식을 만들고 있었다. 찰리와 문자를 주고받는 동안 로리는 마치 학교에 있는 것 같은 느낌이 들었다. 찰리와 직접 만나는 것보다는 〈학교 이야기〉에서 대화하는 게 훨씬 편했다.

엄마는 잼을 만들면서 복숭아 쿠키를 굽고 있었고, 펀은 바닥에 앉아서 내일 기후변화 시위에서 쓸 못난이 당근 코스튬을 만들고 있었다.

그 코스튬은 아빠가 입던 오렌지색 파카로 만들고 있었는데, 펀은 그걸 입고 오렌지색 타이즈를 신은 뒤 초록색 모자를 써서

(모자에 초록색 종이를 붙여서) 당근의 줄기를 표현하려고 했다. 먹을 수 있는데도 얼마나 많은 '못난이 당근'들이 버려지는지를 강조하기 위한 것이었다.

"그거, 시선 좀 제대로 받겠는데?"

"파카 소매에 솜을 넣어야겠어." 펀이 말했다. "좀 더 울퉁불퉁하고 웃긴 모양이 되도록 말이야. 사실 예쁘게 생긴 당근하고 맛은 똑같잖아. 못생겼다고 해서 그냥 버리는 게 이해가 안 돼."

엄마가 마늘 한 쪽을 집으며 말했다. "엄만 아직도 네 신제품을 선보이는 날과 기후변화 시위 날이 겹쳐서 속상하구나."

로리는 핸드폰을 보며 말했다. "그게 내 잘못은 아니잖아요!"

엄마가 눈썹을 치켜세웠다. "누구 잘못이라고는 안 했다, 로리. 가능하면 네가 시위에도 참여해줬으면 하는 거지."

"저도 알아요. 아무튼 제 티켓도 사주셔서 고마워요. 학교 행사 끝나자마자 갈게요."

엄마가 가볍게 로리의 어깨를 두드렸다.

로리는 메시지를 입력했다.

@미녀와부엉 학교 친구들이 분명 알게 될 거야.

@스타일파일 하지만 그건 상관없잖아, 그렇지?

@미녀와부엉 상관있어!

"기후변화 시위가 끝나고 우리도 집에서 피부 관리를 받아볼 수 있을까?" 엄마가 기대한다는 투로 물었다. "궁금한데."

"당연히 되죠."

@미녀와부엉 이거 문제될 수 있을 것 같아.

@스타일파일 알겠어. 근데 난 아닐 것 같아!

로리는 그다음에 무슨 말을 해야 할지 알 수 없었다. 찰리는 원래 자기 방식대로 행동하는 데 너무 익숙한 사람이라서 계속해서 싫다고 말하기가 참 어려웠다. 하긴, 싫다고 해도 말을 안 듣겠지만 말이다.

그래도 이번엔 아니야. 로리는 생각했다. 절대로 그 코코넛오일을 쓰지 않겠다고 해야 해. 이제 말해야지….

@스타일파일 우승, 할 거야, 말 거야?

chapter 19

일요일 아침, 로리는 일어나자마자 부엌으로 내려가서 앞치마를 둘렀다. 찰리의 코코넛오일은 절대 사용하지 않기로 했기 때문에 코코넛오일을 쓰지 않는 새로운 레시피를 개발해야 했다. 하지만 이미 〈학교 이야기〉에 올린 포스팅에서 크림색의 열대 과일 향을 언급해버려서, 어쩔 수 없이 어떻게든 코코넛이 들어가야만 했다.

마침내 로리는 설탕처럼 가벼운 건조 코코넛 가루를 찾아 냉장고에 있던 올리브오일에 넣고 으깼다. 다행히 코코넛 가루는 차가운 올리브오일과 잘 섞였다.

"로리!" 아빠가 부엌으로 들어왔다. "벌써 일어났구나. 아침 먹어야지."

아빠가 빵을 토스터에 넣었고, 로리는 만든 제품을 포장했다. 그런 뒤 위층으로 올라가 가장 좋은 청바지를 입고 가장 좋은 운동화를 신었다.

로리가 모두 준비하고 거실로 내려가니, 아빠가 복도에서 로리를 기다리고 있었다. 펀과 엄마와 랏지도 함께.

"로리를 학교에 데려다주고 올게." 아빠가 차에서 먹을 토스트를 로리한테 건네며 말했다. "그리고 돌아와서 바로 시내로 나가자구."

엄마와 펀이 로리를 꼭 안아줬다.

로리는 더 긴장되었다. 학교 행사를 무사히 마치고 시위에 갈 수 있어야 할 텐데.

"행운을 빌게요. 그리고 즐거운 시간 보내세요. 다들 우리의 초콜릿 머랭 파이를 좋아할 거예요."

"그럴 거야!" 펀이 말했다. "쓰레기통에서 베이글하고 바게트도 충분히 가져왔거든. 많이 나눠줄 수 있어." 그러고는 로리한테 '쓰레기 미식가'라고 쓰인 스티커를 붙인 종이 가방을 건넸다. "언니 점심도 같이 쌌어."

"고마워, 펀." 로리는 펀의 볼에 뽀뽀를 해줬다.

"나도 잊은 게 있어." 랏지가 그렇게 말하고 위층 침실로 올라가더니 초콜릿 박스를 가지고 내려왔다. "학교 과학 챌린지에서 우승했거든. 네 초콜릿 스파가 생각나서 갖고 왔어."

다들 로리를 한 번씩 안아주고 행운을 빈다고 말해줬다. 로리는 가족들이 자기 선택에 크게 실망했음에도 불구하고 여전히 사랑하는 마음을 담아 지지해주는 걸 보며 왠지 모를 죄책감을 느겼다. 로리는 아빠 차를 타고 학교에 가면서 긍정적인 생각만 하자고 속으로 되뇌었다.

시위는 무사히 끝날 거고, 나도 학교 마켓 데이를 잘 끝낼 거야. 짐 잘 챙겼고, 다 준비됐어. 가서 잘하면 돼.

"자, 여러분!"

카푸어 교장선생님이 손뼉을 짝 치며 말했다. 교장선생님은 평소 입고 다니는 통 넓은 정장 바지 대신에 청바지와 티셔츠를 입고 있었다.

"학교 마켓에 오신 것을 환영합니다. 우리 학생들이 정말 열심히 준비했답니다."

교장선생님이 잠시 말을 멈추고 학생들과 가족, 친구 들로 가득 찬 운동장을 둘러봤다. 티데이트 팀은 얼굴에 하트 모양 스티커를 붙이고 빨간 옷을 맞춰 입고 있었고, 에밀리아와 자이납은 강아지 비스킷 가방에 생일 풍선을 묶어두고 있었다.

"예술품, 문구류, 가정용품에서 음식에 이르기까지 멋진 사업이 너무나 많았어요. 팬케이크, 데이트 서비스, 코딩 레슨에 초콜릿 스파, 데코레이션, 액세서리, 목공예 작품도 있었죠."

사업이 하나하나 언급될 때마다 그 사업을 맡은 팀이 격렬히 손을 흔들고 환호성을 질렀다.

교장선생님은 잠시 주최 측인 〈혁신가들〉에서 학생들에게 전하고 싶은 메시지를 이야기한 뒤, 이렇게 발표했다.

"실버데일 중학교가 결승전에 진출했다는 소식을 전하게 되어 매우 기쁩니다. 결승전에는 두 학교가 올라가게 됐어요."

환호성과 박수 소리가 터져 나왔다.

"그래서 다음 주 월요일 아침, 에이브릴 델라미어가 방문할 예정입니다. 우리 학교와 상대 학교 모두 방문할 텐데, 우리 학교에 오면 교내 우승 팀이 앞에 나와서 사업성의 진정한 가치에 관해 프레젠테이션을 해야 해요."

프레젠테이션은 몇 분 정도면 충분하다고 교장선생님이 설명했다. 하지만 델라미어 자매는 그 프레젠테이션을 보고 어느 학교가 이길지, 어느 학교에 4D 프린터를 부상으로 내릴지 결정할 거라서 중요하다고 했다.

"자, 지금까지 자랑스럽게 잘해왔지만, 오늘도 대회의 일부입니다. 모두들 행운을 빌어요!"

"그럼, 일반적인 얼굴에는 초콜릿이 어떤 효과를 주나요?" 학교신문 편집부원인 렉시가 물었다. "아, 저는 지금 대회 선두 팀들과 인터뷰하며 분위기를 파악하고 있답니다."

찰리가 씩 웃었다. "카카오는 얼굴 피부를 부드럽게 하는 것과는 관련이 없어요. 얼굴을 맑고 깨끗하게 보이도록 도와주는 항산화 물질로 이루어져 있거든요." 그러고는 렉시한테 뷰티용품들을 쭉 보여줬다.

인터뷰는 옆에서 분주하게 정리하고 있는 로리는 깡그리 무시

한 채 진행되었다.

"멋지네요!"

렉시가 카메라를 이리저리 돌리며 말했다. 그러고는 의자에 앉아서 테이블 위에 놓여 있는 초콜릿 머랭 파이를 먹었다(카메라로 클로즈업해 사진도 찍었다). 그 옆에는 얇은 수건이 쌓여 있고 따뜻한 물이 담긴 통, 오이 글로우 토닉, 슬라이스로 잘린 딸기와 민트 잎이 들어간 차가운 물 주전자, 그리고 랏지가 준 초콜릿 박스가 있었다.

"얼굴 미용의 피날레는 초콜릿을 얼굴에 바르면서 동시에 먹는 거죠!"

찰리가 말했다. 그러고는 초콜릿 하나를 렉시한테 건네고 자기도 하나를 먹었다.

그때 2학년인 애비게일 서턴이 자기 엄마와 함께 서비스를 받으러 들어왔다. 마침 렉시는 다른 팀들을 인터뷰하기 위해 나갔고, 로리는 애비게일 모녀한테 딸기와 물 한 잔을 대접했다.

"찰리, 애비게일 얼굴에 오이 글로우 토닉부터 시작할까?"

찰리가 얼굴을 찡그렸다. "블루베리 팬케이크 좀 먹고." 그러고는 구석에 있는 전기 오븐을 가리켰다. 그 안에 팬케이크가 돌아가고 있었다.

"잠시라도 좀 도울 수 없어?"

로리는 화를 누르며 말했다. 로리가 자기 엄마의 코코넛오일을 사용하지 않은 것에 대해 찰리가 못되게 굴진 않았지만, 어쨌든 서로 의견이 너무 맞지 않아서 계속 기분이 언짢은 상태였다. 펀과 함께 즐기며 만들었던 예전 제품과 이번 대회를 위해 만든 제품은 너무나 달랐다. 재치 넘치고 정이 가는 〈미녀와 부엌〉 제품 특유의 느낌이 들지 않았다.

아침에 찰리를 처음 봤을 때만 해도 로리는 찰리가 일을 열심히 하겠거니 생각했다. 찰리는 진짜 뷰티 스파에서 일하는 직원처럼 흰색 가운을 입고 왔다.

찰리가 비꼬듯 웃었다. "난 언론 인터뷰는 물론, 소셜 미디어 홍보까지 도맡아 하고 있잖아!" 그러고는 깊은 한숨을 크게 쉬었다. 그 한숨 소리를 들으면 로리는 마치 자기가 어수룩하고 한심한 사람이 된 것 같은 느낌이었다. "그러니까 고객 얼굴 관리는 네가 해야지."

로리는 속상했지만 어쩔 수 없다고 생각했다. "그래."

로리는 오이 글로우 토닉 한 병을 가져와서 화장 솜에 적신 후 애비게일의 볼을 닦아냈고, 그렇게 마켓 데이 영업이 시작되었다.

그날은 믿을 수 없을 정도로 바빴다. 바쁠수록 좋다는 건 알지만, 오후가 되자 로리는 조금씩 발이 아파왔고, 슬슬 시위 생각이 나면서 스트레스를 받기 시작했다.

다른 부스를 구경해보는 건 말할 것도 없고, 계속 찾아오는 사람들 때문에 물 한 모금 마실 시간도 없었다. 여러 사람들을 만나며 로리는 유기농 팬케이크가 벌써 다 팔렸다는 소식을 들었고, 카푸어 교장선생님이 핸더슨 지리 선생님의 옷으로 티데이트 서비스에 참여했다는 소식도 들었다.

로리는 살면서 이렇게 열심히 해본 적이 없을 정도로 바쁘게 일했다. 하지만 그러거나 말거나 찰리는 근처에서 올라와 엘리스와 수다를 떨고 있었다.

"선생님이 입은 반짝이는 무지개색 바지, 나도 있어." 찰리가 말했다. "그리고 그 바다색 줄무늬 세트랑 오렌지색 스팽글 세트도. 하지만 작년 여름에 산 거라, 이젠 안 입어."

"넌 남색하고 핑크색 별 세트도 있잖아." 엘리스가 말했다.

찰리가 웃었다. "오, 맞다."

로리는 속에서 화가 끓어올랐지만, 스스로를 다독였다. 그냥 놔두자. 뷰티 걸이 되기 위한 과정일 뿐이야. 쓰레기 걸 대신에. 지금 난 대회 우승을 위한 기로에 서 있을 뿐 아니라, 인생이 바뀌는 기점에 서 있는 거야. 오늘만 지나면 찰리하고 다신 말도 섞지 않겠어. 자, 로리, 힘을 내자.

결국 로리는 오후가 될 때까지 혼자 손님들을 맞았다. 정신없이 일하느라 핸드폰이 계속 울리는데도 그 소리를 듣지 못했다. 그러다가 애니의 얼굴을 닦아내기 전에 잠시 여유가 생겨 핸드폰을 봤더니, 랏지한테서 부재중 전화가 와 있었다. 그날따라 느낌이 이상했다.

바로 전화를 걸었지만 랏지는 받지 않았다. 그래서 음성 메시지를 남긴 뒤 엄마한테도 전화하고 아빠한테도 전화했지만, 두

분 다 받지 않았다. 뭔가 잘못된 것 같다는 예감이 들었다.

로리는 뉴스 앱을 켜서 긴급 뉴스를 확인했다. 미리 해시태그 '#기후변화시위'를 공유해두었기 때문에 빠르게 뉴스를 업데이트 할 수 있었다.

뉴스가 업데이트되면서 헤드라인이 떴다.

12시 25분: 음식 쓰레기 활동가들이 슈퍼마켓 쓰레기통으로 모여

로리의 손에서 화장 솜이 미끄러져 떨어졌다.

"너, 뭐 해?" 찰리가 로리를 불렀다. 찰리는 그때까지도 옆 팀 부스에서 머리를 옴브레 핑크색으로 물들이고 있었다. "손에 든 거 떨어졌잖아!"

로리의 얼굴이 충격에 휩싸였다. "시위에서 무슨 일이 일어난 게 분명해. 당장 가봐야겠어."

곧바로 다른 기사가 떴다.

14시 42분: 기후변화 시위대 체포돼

오, 이런.

안 돼! 엄마, 아빠도 체포된 걸까? 설마 저번처럼 남이 먹다 남긴 음식을 먹다가 체포된 건 아니겠지?

로리의 핸드폰이 또 울렸다.

라이브 영상! 경찰이 음식 쓰레기 활동가들을 연행해

그 영상의 재생 버튼을 누를 때 로리의 심장이 쿵쿵 뛰었다. 배경 소음이 시끄럽고 영상은 매우 어지러웠다. 영상을 찍는 카메라가 계속 흔들렸지만, 다가오는 경찰관들의 얼굴이 보였고, 체포되는 사람들이 하는 말들이 겹쳐 들렸다. 분명 그중에 엄마, 아빠의 목소리가 있었다.

그런데 화면 가장자리에서 낯익은 모습을 본 것 같아서 로리는 눈을 더 크게 뜨고 살펴봤다. 못난이 당근 옷을 입은 조그만 아이가 사람들 사이에 혼자 서 있었다.

펀!

로리는 재빨리 생각했다. 시내로 가는 가장 빠른 방법이 뭐지? 이 영상은 언제 찍은 거지? 펀은 지금 영상 속 시위 현장이 아니라 다른 데로 갔을 수도 있다. 펀을 구하러 가야 해!

로리는 마치 누군가 자기 심장을 부여잡고 조이는 것 같았다. 맥박 소리가 귀에서도 들릴 정도였고, 숨이 잘 쉬어지지 않았다.

자이납과 에밀리아가 그런 로리를 보고 급히 뛰어왔다.

"무슨 일이야?" 에밀리아가 물었다.

"왜 그래?" 자이납이 물었다.

"펀 때문에! 펀이 길을 잃은 것 같아. 엄마, 아빠는 체포된 것 같고! 그리고…."

"어디서 들었어?" 자이납이 진지한 표정으로 물었다.

"지역 뉴스에서 경찰관들이 시위대를 잡아가는 영상을 올렸어."

"사실이 아닐 수도 있어." 에밀리아가 로리의 어깨에 팔을 두르며 말했다. "가짜 뉴스로 사람들을 현혹하는 일도 많잖아!"

자이납이 고개를 끄덕였다. "너무 당황하지 마, 로리. 무슨 일인지 알아봐줄게. 에밀리아가 말했듯이 가짜 뉴스일 수도 있어."

하지만 로리는 절대 가짜 뉴스가 아닐 거라고 확신했다. 펀이 직접 만든 못난이 당근 코스튬까지 가짜로 만들어낼 수는 없다. 그렇게 니트 양말을 잔뜩 넣어 부풀린 오렌지색 파카를 입은 사람은 펀뿐이다….

"맞아, 다 가짜일 거야!" 찰리가 부스로 돌아오며 말했다. "그 영상 하나 때문에 바로 뛰쳐나갈 필요는 없어. 네 동생은 부모님하고 있을 거야. 아마 쓰레기통에서 같이 샌드위치나 주워 먹고 있겠지."

"뭐라고?" 자이납이 찰리를 돌아보며 물었다.

"어떻게 그런 말을…!" 에밀리아가 화를 내며 말했다.

로리의 머릿속엔 좀 전에 본 영상만 가득했다. 펀이 혼자 있다. 펀이 모르는 사람들 사이에서 길거리를 혼자 헤매고 있다.

하지만 찰리의 이 말이 인내심의 한계를 건드렸다.

"네가 걱정해야 할 건 우승뿐이야."

부모님이 체포됐고 동생은 혼자 길을 잃었다. 당장 펀을 데리러 가야 해!

찰리가 로리를 똑바로 보며 말했다. "이제 판매 종료 시간이 고작 30분 남았어. 곧 카푸어 교장선생님이 누가 우승 팀인지 발표할 거야."

"그딴 거 필요 없어!" 로리는 참지 못하고 소리 질렀다.

"네가 지금 나가서 우리가 우승 못 하게 되면 너랑은 끝이야!"

"이해 못 했어? 상관없어!"

로리의 감정은 화산처럼 폭발했고, 지난 4주간 마음속에 꾹꾹 눌러 담은 스트레스가 한 번에 터져 나왔다.

"찰리 넌 정말 이기적이야. 이번 대회는 다 내가 준비했고, 지난 몇 주간 네가 나랑 우리 가족에 대해 한 끔찍한 말들도 다 견뎠어. 넌 그조차 모르고 있겠지. 나한텐 편이 우승보다 수백만 배는 더 중요하니까, 우승을 하든지 말든지 알아서 해!"

로리의 두 팔이 분노로 부들부들 떨렸다. 로리는 자기도 모르게 옆에 있던 초콜릿 머랭 파이를 내던졌다.

파이는 찰리의 얼굴로 정확히 날아갔다.

로리는 뒤도 돌아보지 않고 학교를 뛰쳐나갔다.

chapter 20

로리는 계속해서 달리고 또 달렸다. 하지만 몇 정거장을 남겨두고 시위대 때문에 길이 막혔다.

가는 길에 로리는 펀이 입은 옷을 설명하며 "제 동생 봤나요?" 하고 소리치고 다녔다. 하지만 펀을 봤다는 사람은 아무도 없었고, 살면서 그렇게 빨리 뛰어본 적이 없어서인지 숨이 차고 배가 아파왔다. 달리다 말고 두 번쯤 벽에 기대서서 숨을 골랐다.

한참을 달려서 시내를 거의 다 돌아봤을 때, 로리는 문득 경찰서에 가봐야겠다는 생각이 들었다. 만약 부모님이 경찰서로 끌려가는 걸 펀이 봤다면 따라갔을 가능성도 있기 때문이다.

로리는 경찰서 문을 열었고, 곧바로 안도의 숨을 내뱉었다. 대기실에 펀이 앉아 있었다. 펀이 가는 목을 벽에 기대고 있어서 더 어리고 연약한 아이처럼 보였다. 로리는 가슴이 벅차올랐다.

"펀, 언니 왔어!"

"로리 언니!"

편은 무슨 일이 있었는지 설명하려다가 울음부터 터트렸다.

"너무 이상하고 무서웠어. 시위는 재밌었는데." 편이 눈물을 닦고 미소를 지었다. "마리카 할머니도 만났고, 다들 우리가 준비한 간식, 특히 초콜릿 머랭 파이를 좋아했어."

로리는 고개를 저었다. "파이 얘긴 그만하고 계속 말해봐."

편이 코를 킁킁대며 말했다. "그런데 어떤 사람들이 슈퍼마켓 쪽으로 달려오더니 슈퍼마켓이 음식물을 마구 버리지 않겠다고 약속할 때까지 쓰레기통에 자기들 몸을 묶어두고 있겠다는 거야."

로리는 입술을 깨물었다.

"그 얘길 들은 엄마가 함께할 만한 일인지 알아보겠다면서 그 사람들을 따라갔어. 그런데 다시 돌아와선 그 사람들한테 시위대에 주목하게 만들 좋은 방법이 있긴 한데 너무 대담한 방법인 것 같다면서 확신이 안 선다고 하셨어."

편이 울면서 말하는 바람에 그 의미를 정확히 이해하기가 힘들었다. 로리는 가방에서 휴지를 꺼내 편의 코를 풀어줬다.

"그때, 그 사람들이 갑자기 슈퍼마켓 벽을 타고 오르더니 쓰레기통으로 뛰어들었어. 그런데 쓰레기통 덮개에 자기들 몸을 묶는 과정에서 누군가의 팔을 다치게 했어. 그 사람이 비명을 질러서 아빠가 도와주러 갔는데, 경찰관 아저씨들이 막 와서…."

그다음부터는 로리가 영상에서 본 대로였다.

"그러더니 경찰관 아저씨들이 쓰레기통 주변에 있던 사람들을 다 잡아갔어. 사유재산 침해라고 하면서. 몇 사람은 수갑까지 채웠고, 나머지 사람들은 경찰차에 태웠어….

아빠는 내가 랏지 오빠랑 같이 있는 줄 알았겠지만, 아니었어. 랏지 오빠는 사람들 속에서 로미 언니를 발견하고 언니를 만나러 갔단 말이야. 난 혼자 남아서 아빠랑 엄마를 계속 소리쳐 불렀지만 아무도 대답을 안 했어."

"그래서 여기까지 혼자 온 거야?"

슈퍼마켓에서 경찰서까지는 꽤 거리가 있었다. 1.5킬로미터가 넘고, 큰 도로를 세 개나 건너야 했다.

"어쨌든 잘했어!"

로리는 펀을 다시 한 번 꽉 끌어안았다.

"랏지 오빠도 여기 왔어. 체포 소식을 듣고 엄마랑 아빠를 찾으러 왔대. 저쪽에 계신 분한테 나를 잠시 봐달라고 부탁하더니…"

펀이 접수처에 앉아 있는 여자 경찰관을 가리키며 말을 이었다.

"엄마, 아빠는 그런 난폭한 일을 할 사람이 아니라고 설명하러 저쪽으로 갔어. 엄마, 아빠도 내가 여기 있는 거 알아."

로리는 벌떡 일어났다. "무슨 일 있는지 알아보고 올게." 그리고 펀의 손을 잡아준 뒤 여자 경찰관한테 다가갔다.

여자 경찰관이 화면에 뜬 '폴리 라크시'와 '말콤 라크시'라는 이름을 체크하는 걸 보며 로리는 가슴이 쿵쿵 뛰었다. 경찰관이 말을 하기까지 수천 년쯤 걸린 것 같았다.

경찰관은 로리 부모님이 범죄를 저질러서 체포된 건 아니라고 설명했다. 오늘 시위에 대해 진술한 뒤 금방 나올 거라고 했다.

얼마 후, 마침내 부모님이 랏지와 함께 사무실에서 나왔다. 엄마와 아빠는 로리와 펀을 끌어안고 몇 번이고 사과했다. 로리와 펀을 너무 꽉 끌어안은 나머지 마치 남극의 눈보라 속에서 서로를 끌어안고 있는 황제펭귄 가족 같아 보였다.

잠시 후, 랏지가 택시를 타고 집에 가자고 제안했다. 로리도 그러고 싶었다. 아까부터 펀을 찾으러 정신없이 거리를 헤매고 다니느라 진이 빠진 상태였다.

경찰서 문을 나서면서, 아빠가 집으로 가는 길에 채식주의자를 위한 인도음식점에 들러 식사를 포장해 가자고 했다.

"멋진 생각이에요." 엄마와 펀이 동시에 말했다.

아빠가 로리의 걱정 가득한 얼굴을 보며 껄껄 웃었다. "걱정 마, 로리! 돈 내고 살 거니까!"

"가서 같이 〈닥터 후〉 보면서 먹어요." 랏지가 팔을 뻗어 펀을 감쌌다. "네이샤랑 알렉스가 펀을 괴롭히면 안 되니까요."

펀이 고개를 끄덕였다. "무서운 장면은 넘기면서 볼 거지?"

그 말을 들은 식구들 모두 웃음을 터트렸다.

"당연하지!" 로리가 말했다. "오늘 사건만으로도 충분히 무서웠어."

chapter 21

다음 날 아침, 로리가 일어났을 때는 모든 게 정상으로 돌아와 있었다. 로리는 몸에 힘이 쭉 빠지고 어지러웠다.

이거, 꿈 아니지?

바로 어제, 부모님이 경찰에 체포되었고, 펀은 혼자서 시내 한복판을 건너 부모님을 찾아다녔고, 로리는 대회 중간에 학교를 뛰쳐나왔다.

하지만 그보다 더 안 좋은 일이 생각났다. 내가–찰리–슬로스의–얼굴에–파이를–집어던졌다.

오늘은 월요일이다. 어제 우승자가 발표되었을 것이고, 오늘은 두 학교의 우승 팀이 각각 프레젠테이션을 하게 될 것이다. 로리는 갑자기 슬프고 우울해졌다. 우리 팀이 그중 한 팀이 될 수 있었는데….

하지만 잊어버리기로 했다.

어젯밤, 로리는 핸드폰을 꺼서 베개 옆에 두었다. 하루 종일 너무 지쳐서 아무것도 하고 싶지 않았기 때문이다. 그래도 우승 팀이 어느 팀인지 궁금하긴 했다. 그래서 핸드폰을 켜서 확인하려는데 마침 핸드폰이 울렸다.

@혁신가들 오늘입니다! 네, 여러분! 우리 학교 우승 팀이 누군지 다들 알고 계시죠? 축하합니다! 이제 두 학교의 우승 팀이 각자 자기 팀의 사업이 세상을 얼마나 이롭게 할지 설명해야 할 시간이죠. 두 팀의 프레젠테이션을 보고 한번 판단해봅시다.

그때 펀이 침실로 달려오면서 소리쳤다.

"놀라지 마, 언니!"

로리의 심장이 덜컥 내려앉았다. 지금은 언니 좀 내버려둬, 펀. 펀은 아마 로리한테 줄 아침을 만들어 왔거나, 아니면 재조립한 인형의 집 같은 걸 보여주려고 들고 왔을 것이다. 펀은 착하고 배려심 많은 아이이지만, 지금은 그냥 핸드폰이나 보면서 침대에서 나가고 싶지 않았다.

"눈 감아봐!" 펀이 침대 위로 올라와서 무거운 박스 하나를 내려놓으며 외쳤다. "따라란!"

로리의 입이 떡 벌어졌다.

박스 안에는 @미녀와부엌에서 선보인 모든 제품이 꽉 차 있었다. 딸기 마스크팩, 야생 장미와 딸기로 만든 모이스처라이저, 레몬 드리즐 립 스크럽, 캐모마일 티 토너, 라임과 페퍼민트 향 입욕제까지. 모두 로리와 펀이 함께 개발한 레시피로 만든 것들이었다.

"와우~ 고마워, 펀!"

"나 혼자 한 거 아니야. 엄마, 아빠랑 랏지 오빠도 같이 만들어줬어. 언니가 왠지… 스트레스를 많이 받은 것 같아서." 펀이 잠시 슬픈 표정을 짓더니 말을 이었다. "엄마, 아빠는 어제 언니를 너무 힘들게 했다면서 미안해하셔. 언니가 분명 이걸 좋아할 거라고 생각했어. 어때?"

"좋아한다고?" 로리의 눈이 커졌다. "사랑해!"

"이제 좀 괜찮아?"

"뭐가?"

"오늘 학교에 갈 만큼."

"당연히 괜찮지!" 로리는 입술을 깨물며 말했다. "사실 어제 일은, 내가 말 안 했지만… 펀, 사실 내가 다 망쳤어. 대회에서 졌어."

펀이 당황스러운 표정을 지었다. "아닌데."

"뭐가?"

"카푸어 교장선생님이 아침에 엄마한테 전화해서 언니랑 찰리가 대회에서 우승했다는 소식을 전해주셨거든! 어제 마켓 데이가 끝나고 우승 팀을 발표했는데, 그 자리에 언니가 없어서 전화하신 거래."

"뭐라고?"

로리는 당장 이불을 박차고 나섰다.

"언니, 오늘 프레젠테이션 해야 한대!"

로리는 허겁지겁 스타킹을 신으면서 동시에 교복 셔츠에 한쪽 팔을 집어넣었다.

"그 에이브릴이라는 사람 앞에서 프레젠테이션을 하는 건 정말 좋은 기회라고 교장선생님이 말씀하셨대. 잘만 하면 최종 우승도 할 수 있대!"

아래층으로 내려가자 엄마, 아빠와 랏지가 로리를 번갈아 껴안았다. 로리는 재빨리 박스를 집어 들고 셔츠 단추도 다 잠그지 않은 채 넥타이를 휘날리며 밖으로 달려 나갔다.

버스에 올라타자 실감이 났다. 학교 우승도 좋은데, 최종 우승을 할 기회라니! 로리는 믿기지가 않았다. 어제의 난장판 이후로 우승은 물 건너갔다고 생각했는데. 로리는 핸드폰을 켰다. 〈학교 이야기〉는 대회 결승전에 관한 흥분으로 가득 차 있었다.

로리는 포스팅을 쭉 스크롤해서 읽었다. 렉시는 로리가 찰리 얼굴에 파이를 던진 것에 대해 쉼 없이 이야기하고 있었다. 하지만 그 이야기에 주목하는 사람은 많지 않았고, 대부분의 학생들은 결승전에만 주목하고 있었다. 로리는 긴장이 되었다. 정말 자기가 할 수 있을지 의심도 들었다. 무대 위에 찰리와 함께 서서 그동안 있었던 일들을 어떻게 설명해야 하나? 로리는 찰리한테 파이를 던진 것에 대해 솔직히 사과하고 싶지 않았다. 찰리는 그런

일을 당해도 쌌기 때문이다.

그때, 로리의 머릿속에 펀이 떠올랐다. 못난이 당근 코스튬을 입고 용감히 돌아다녔던 펀의 모습이. 로리는 자기도 물러서지 말아야겠다고 생각했다.

"왔구나, 로리." 로리가 학교에 도착하자 카푸어 교장선생님이 인사했다. "얼른 강당으로 가보렴. 행운을 빈다!"

로리가 잔뜩 긴장한 채 강당 가운데로 걸어가니, 무대 가장자리에 앉아 있는 찰리가 보였다. 찰리의 땋아 내린 머리카락은 꽃잎으로 치장되어 있었다.

찰리는 내 꿈을 이뤄줄 구원자가 아니야. 로리는 생각했다. 찰리와 한 팀이 된 건 큰 실수였다. 〈미녀와 부엌〉이 추구하는 가치를 진정으로 이해하는, 재치 있고 정직한 사람과 함께했어야 했다. 바로 펀 같은 사람 말이다.

"로리 파이팅!"

로리는 깜짝 놀랐다. 강당은 사람들로 가득 차 있었다. 1학년 줄에 앉은 자이납과 에밀리아가 로리를 보며 엄지손가락을 치켜세웠다.

"동생을 찾았다니 다행이네." 찰리가 로리 옆에 앉아 다리를 꼬며 말했다. "너한테 그렇게 중요한 일인지 몰랐어. 미안."

"고마워."

로리는 정말 고마운 것처럼 보이려고 노력했다. 방금 그게 사과 맞나? 로리는 확신하지 못했다. 찰리의 사과 방식은 '내가 불쾌하게 말해서 미안해'가 아니라 '네가 불쾌했다면 미안해'에 가까웠다.

"프레젠테이션은 너무 걱정하지 마. 델라미어 자매 앞에서 빨리 발표하고 싶네." 찰리가 발을 꼼지락거리며 말했다. "나, 오늘 일부러 델라미어의 신상 운동화를 신고 온 거 알아?"

로리는 찰리가 무슨 말을 하든 신경 쓰지 않았다. 로리는 자기가 해야 할 일을 분명히 알고 있었고, 찰리한테 당당히 자기 의견을 말했다.

"발표는 내가 할 거야, 찰리. 누구보다 우리 제품에 대해 잘 알고, 제품의 비하인드 스토리까지 전부 알고 있는 사람이 바로 나니까."

찰리의 얼굴에 짜증이 비쳤다.

"물론 그러시겠지! 하지만 네가 만든 얼굴에 바르는 제품의 재료가 쓰레기통에서 나왔다는 사실은 아무도 알고 싶어 하지 않을걸? 그러니까 모든 걸 망칠 생각 따윈 하지 마."

"아니, 알고 싶을걸! 버려진 음식 재료를 활용하는 건 세상을 더 나은 곳으로 만들기 위한 방법이니까. 그게 이번 대회의 메인 아이디어니까 난 꼭 그걸 말해야 한다고 생각해." 로리는 제품이 담긴 박스를 테이블 위에 올려놓으며 말을 이었다. "넌 옆에서 사람들한테 제품을 보여주기만 해. 그런 건 네가 잘하잖아. 발표는 내가 할게."

“하지만 내 계정의 팔로워 수가 가장 많고, 그러니까….”

더 이상 논쟁할 시간이 없었다.

“자, 너희들 차례란다!” 교장선생님이 말했다.

엉겁결에 둘은 무대로 올랐다. 그리고 로리가 나서서 먼저 입을 열었다.

“뷰티 산업은 언제나 반짝거리고 화려한 것으로 묘사되죠.”

목소리가 약간 떨리긴 했지만, 그래도 말을 멈추지 말고 계속해야 긴장감이 줄어들 것 같았다. 그리고 말을 멈췄다가는 찰리가 끼어들 것 같기도 했다.

실제로 학생들 대부분의 시선은 아무 말 없이 박스 안 제품만 내려다보고 있는 찰리를 향해 있었다. 하지만 로리의 목소리는 점점 자신감을 얻어갔고, 그 어느 때보다도 설득력 있게 들렸다. 그러자 곧 모두가 로리의 말에 집중하게 되었다.

“하지만 화장품을 만드는 데 필요한 화학물질과 공장에서 내보내는 폐기물이 우리의 땅과 바다, 대기에 치명적인 영향을 미치고 있어요. 그래서 〈미녀와 부엉〉은 우리의 막힌 모공을 해결해 줄 뿐 아니라 지구의 환경도 구하고 싶어서 제품을 만들기 시작했죠.”

찰리가 립 스크럽 뚜껑을 열어 입술에 바르며 말했다. “맞는 말이에요!”

청중 사이에서 맞는 말이라는 웅성거림이 나오기 시작했다.

로리는 찰리를 쳐다봤다. 솔직히 찰리에겐 부정할 수 없는 찰리만의 힘이 있었다. 학교의 분위기를 좌지우지하는 능력이 있었다. 찰리는 똑똑하고, 아름답고, 트렌드를 선도하는 멋쟁이다. 그리고 자기한테 그런 영향력이 있다는 걸 알고 그걸 활용한다.

하지만 찰리의 외모와 돈 덕에 이기고 싶진 않아. 로리는 깊은 숨을 내쉬었다. 〈미녀와 부엌〉의 제품은 전혀 비싸지 않다. '프리미엄' 제품이 아니다. 로리와 펀이 떠먹는 요구르트를 얼굴에 바르는 것처럼, 모두가 값싸고 쉽게 사용할 수 있는 제품이다.

이기든 지든, 로리는 이 대회 자체가 자기 인생을 바꾸고 있다는 걸 느끼고 있었다. 지난 4주간의 시간은 로리가 옳다고 믿는 것을 진정으로 따르며 살아가는 데 필요한 용기를 찾아줬다.

"그거 레몬 드리즐 립 스크럽이지?"

로리가 묻자, 찰리가 고개를 끄덕였다.

"저는 이 레몬들을 슈퍼마켓의 쓰레기통에서 얻었습니다."

그러자 여기저기서 어이없다는 듯 웃는 소리가 들려왔다.

로리의 가슴이 두근거렸다.

"아니, 정말이에요! 제가 직접 가져왔어요. 〈미녀와 부엌〉 제품들은 바로 그 점에 차별성이 있습니다. 버려진 음식물을 사용한다는 거죠. 슈퍼마켓, 카페, 식당의 쓰레기통에 버려진 새것이나 마찬가지인 음식물들, 그리고 집 냉장고에 남아 있는 상하지 않은 음식물들 말이에요. 그런 것들을 사용해 윤기 있고 매끄러운 피부와 머릿결을 만드는 겁니다."

찰리가 뺨을 손가락으로 가볍게 두드리면서 끼어들었다. "이건

〈학교 이야기〉 계정에서나 볼 수 있는 판타지가 아니에요."

로리는 잠시 숨을 멈췄다.

"우리 제품은 온라인과 실제 모습이 완전 똑같습니다." 찰리가 진지한 표정으로 말을 이었다. "지금 저를 보세요. 아무 필터도 안 씌웠잖아요?"

몇몇 사람들이 박수를 보냈다.

"그리고 우린 제품이 만들어진 실제 배경을 속이고 싶지 않아요." 찰리가 덧붙였다. "그래서 우린 〈미녀와 부엌〉보다는 〈미녀와 쓰레기통〉이라고 부르고 싶네요!"

사람들이 다시 박수를 보내면서 유쾌하게 웃었다.

로리의 가슴이 마구 뛰었다. 〈미녀와 쓰레기통〉이라니! 정말 완벽한걸! 찰리가 나서서 이런 이름을 지어주다니.

로리는 다시 침착함을 찾으며 말했다. "바나나가 스무디도 만들 수 없을 정도로 너무 익어버렸을 때, 꾸덕꾸덕한 헤어 컨디셔너로 만들 수 있어요! 무른 딸기는 피부를 맑게 하는 데 쓸 수 있고요. 그리고 초강력 토마토 스킨 세럼은 이미 효과가 입증되었죠!"

"토피팝은 최고였어요!" 누군가 소리쳤다.

로리는 씩 웃었다.

"〈미녀와 부엌〉은 누구나 더 깨끗한 피부를 가질 수 있도록 재미나고 저렴한 식물성 뷰티용품을 만들고자 하는 아이디어에서 시작되었어요! 오래된 비트 뿌리로 핑크색 머리카락을 만드는 식이죠. 제가 직접 해봤어요." 로리는 당밀 색깔의 머리카락 한 움큼을 잡아 들며 말을 이었다. "이게 바로 제가 추구하는 아이디어입니다. 작은 실천이지만 세상을 조금씩은 더 낫게 바꿀 수 있죠. 그렇지 않나요?"

교장선생님이 강당 뒤쪽에 서 있던 〈혁신가들〉의 에이브릴 델라미어를 소개하자, 로리는 또다시 긴장되기 시작했다. 목도 까끌까끌해진 것 같고, 발가락도 찌릿하고, 모든 신경이 살아나는 것 같았다.

"좋은 아침이에요!" 엄청 파격적인 디자인의 운동화를 신은 에이브릴이 무대 위로 번쩍 뛰어오르며 말했다. "제 동생인 에이미와 저는 올해 대회의 기준이 너무 마음에 들었어요. 다들 잘해 주셨습니다! 하지만 이젠 한 팀을 뽑아야 할 때가 왔네요. 그 팀은…."

찰리는 로리의 손을 꽉 잡고 있었다.

"우린 〈미녀와 쓰레기통〉 팀이 세상을 더 나은 곳으로 만드는 데 제대로 기여하는 비즈니스를 펼쳤다고 판단했답니다. 그래서 올해 〈혁신가들〉의 우승 팀은 실버데일 중학교의 로리 라크시와 찰리 슬로스입니다!"

강당 안이 환호성과 박수 소리로 떠나갈 듯했다.

로리는 머릿속에서 마치 불꽃놀이가 일어나고 있는 것 같았다.

"우리가 해낼 거라고 했잖아!" 찰리가 잔뜩 흥분한 목소리로 로리의 귀에 대고 말했다.

로리는 재빨리 가방에 손을 넣어 핸드폰을 찾았다. 사람들이 축하해주기 위해 주변으로 몰려오고 있었다. 로리는 엄마한테 전화해서 아빠와 펀과 랏지한테 소식을 전해달라고 했다.

그런 다음, 결승전 상대 팀을 찾아가 함께 경쟁하게 되어 즐거웠다는 인사를 전했다. 그리고 사람들이 오전 수업에 가기 위해 강당을 나가는 동안, 자이납과 에밀리아를 찾아 다녔다.

그러는 동안 찰리는 렉시와 학교신문에 나갈 인터뷰를 하고 있었다. "인생이 여행이라면, 완벽한 스킨케어는 그 목적지죠."

인터뷰를 하다 말고 찰리가 고개를 들었고, 로리와 잠시 눈이 마주쳤다.

로리는 고개를 흔들었다. 사실 찰리와 정말 끝난 것인지 확신할 수 없었다. 어쨌든 프레젠테이션까지 모두 끝났으니, 이젠 다시 친구들한테 돌아갈 수 있다는 사실에 안도했다.

로리가 자이납과 에밀리아를 발견하자마자 셋은 서로를 꽉 끌어안았다.

포옹을 풀고 나서 자이납이 미소를 지으며 말했다. "우승을 축하해야지!"

"오늘 학교 끝나고 카페 가는 거 어때?" 에밀리아가 조심스럽게 물었다.

자이납이 로리를 팔꿈치로 부드럽게 쿡 찔렀다. "너, 상금도 많이 받았으니까 레몬 드리즐 케이크 사!"

"그날 찰리랑 그렇게 가버려서 정말 미안했어." 로리는 어색한 표정으로 두 친구를 보며 말했다. "그때 내가 얼마나 한심해 보였을까. 찰리의 인기 때문에… 잠시 눈이 멀었던 것 같아."

에밀리아가 팔을 꽉 잡으며 말했다. "괜찮아. 우린 모든 게 예전으로 돌아와서 다행이라고 생각해."

"우리도 속상했어." 자이납이 말했다. "네가 그동안 얼마나 스트레스를 받고 있었는지 우리가 좀 더 일찍 알았어야 했는데."

세 친구는 저쪽에서 아직도 인터뷰 중인 찰리를 바라봤다. 찰리는 렉시와 열심히 셀카를 찍고 있었다.

"학교는 야생의 세계죠!" 찰리가 말했다. "우리 인생도요…."

로리는 핸드폰을 꺼냈다. "자, 난 오늘부로 찰리 연락처를 내 핸드폰에서 지울 거야." 그러고는 삭제 버튼을 눌렀다. "했어!"

셋은 깔깔거리며 웃었다.

"네가 아까 발표한 내용 말이야." 교실로 가는 길에 에밀리아가 물었다. "버려진 음식물 아이디어에 대해 왜 우리한텐 말 안 했어?"

"그거 진짜 멋진 아이디어인데 말이야!" 자이납이 말했다. "정말 쓰레기통에서 구한 재료로 뷰티용품을 만들었단 말이야?"

로리는 고개를 끄덕였다. "거기다 집에서 직접 키운 허브 잎도 사용했어."

에밀리아와 자이납이 궁금하다는 표정을 지었다. 그때 로리의 머릿속에 뭔가가 떠올랐다.

"좋은 생각이 났어! 오늘은 카페 대신 우리 집에 가는 거야. 어때?"

친구들과 함께 버스를 타고 집으로 가는 길은 정말 즐거웠다. 가다가 대학교 앞 정류장에서 탄 랏지도 만났다. 랏지는 로리를 보자마자 크게 소리 지르는 바람에 자이납과 에밀리아한테 잊을 수 없는 강렬한 첫인상을 남겼다. 넷은 로리의 동네에 도착할 때까지 즐겁게 수다를 떨었다.

"저것 봐!" 자이납이 말했다.

"와우!" 에밀리아가 말했다.

집 앞에는 '잘했어, 우리 로리!'라고 쓰인 얇은 천이 바람에 펄럭이고 있었다. 펀이 쓴 것이었다. 그리고 엄마는 병아리콩 통조림 통에 꽃을 꽂아 울타리 위에 올려두었다. 게다가 태양광으로 빛을 내는 크리스마스 조명이 창문에 매달려서 어두워지면 빛을 낼 준비를 하고 있었다.

로리는 약간 당황스러웠다. 로리가 입 모양으로 '이게 다 뭐야?' 하고 묻자, 랏지가 싱긋 웃었다.

"가족의 마음이지."

자이납이 목련 쪽으로 가더니 나뭇가지에 붙은 그림을 살폈다.

로리는 미소를 지었다. 분명 펀이 학교 끝나고 집에 오자마자 열심히 그렸겠지. 고추 말고도 파인애플, 피자, 망고, 카카오 열매, 후추, 레몬, 장미, 토마토를 그린 작은 그림들이 있었고, 조그마한 라벨도 붙어 있었다. 라벨에는 '로리 라크시: 챔피언!'이라고 쓰여 있었다.

"너희 가족, 진짜 멋지다!" 에밀리아가 말했다.

로리가 자세히 보니 그중에는 페파 피그 케이크 그림도 있었다. 정말 펀다웠다.

그때, 문이 홱 열리고 펀이 머리카락을 휘날리며 뛰어나왔다.

"로리 언니가 왔어요!"

곧 엄마, 아빠도 안에서 뛰어나왔다. 가족들이 자기를 둘러싸고 힘껏 포옹하자, 로리는 따듯한 햇살이 몸을 확 감싼 듯 행복감이 벅차올랐다.

"고마워요! 가족이 없었더라면 절대 우승하지 못했을 거예요!"

"오, 로리!" 아빠가 로리의 머리카락을 헝클어뜨리며 말했다. "오늘 정말 잘했어. 하지만 우승 못 했어도 우린 네가 자랑스러웠을 거야."

펀이 로리의 팔을 잡으며 말했다. "난 이겨서 자랑스러운걸."

엄마가 크게 웃으며 말했다. "로리는 우승이 발표되기 전부터 이미 이긴 거나 마찬가지였어!"

에밀리아가 기침 소리를 냈다.

"오, 이런! 까먹을 뻔했네. 오늘은 친구들을 데려왔어요." 로리는 이렇게 말하고 엄마한테만 들릴 정도로 속삭였다. "괜찮죠?"

"당연히 괜찮지." 엄마가 말했다.

친구들과 함께 집으로 들어오는 길에, 에밀리아가 잎으로 가득한 복도 벽을 가리켰다.

"잠깐, 이거 뭐야?"

로리의 가슴이 두근거렸다.

"수경 재배 하는 거야. 우린 벽에서 음식 재료를 키워. 시에서 제공하는 주말농장을 배정받지 못했거든. 그래서…."

"멋진데!" 에밀리아가 말했다. "너희 집이 이렇게 멋진데 왜 그동안 말을 안 한 거야?"

"이 식물들 좀 봐!" 자이납이 말했다. "정말 싱싱해."

"여기서 키운 식물들을 따서 먹는 거야?" 에밀리아가 물었다.

"그럼! 너도 먹어봐!"

에밀리아가 바질 잎을 따서 입에 넣었다. "향이 끝내준다!"

펀이 로리의 친구들한테 파인애플과 구스베리를 구경시켜준 뒤, 엄마는 오븐에 체리 크럼블을 넣었고, 아빠는 마실 걸 주겠다며 각자 원하는 것을 주문받았다.

"페퍼민트 차, 라즈베리 주스, 장미와 라벤더를 우린 차가 있단다. 참고로, 펀이 만들어줄 거야."

"이제야 네가 이해된다." 자이납이 미소를 지으며 말했다. "너희 가족은 다들 재미있고 친절한 것 같아. 게다가 집 안에 네가 만든 향수의 향이 나서 너무 좋아."

에밀리아도 웃으며 말했다. "그러니까 집에서 그렇게 멋진 뷰티 용품을 만들어내지. 재료와 영감이 넘쳐나잖아!"

로리는 고개를 끄덕였다. "맞아!"

얼마 전까지만 해도 친구들이 자기 가족을 만나는 걸 생각하면 패닉에 빠졌던 로리였다. 하지만 이제는 전혀 당황스럽지 않았다.

그때 로리의 핸드폰이 울렸다.

"너무 늦게 전화해 미안해요. 〈혁신가들〉의 에이미와 에이브릴이에요."

로리는 전화를 받으며 밖으로 나갔다.

"〈미녀와 쓰레기통〉에 감명을 받았어요!" 에이미가 말했다.

"고맙습니다."

에이브릴이 이어 말했다. "로리 학생의 아이디어를 현실화하고 싶어서 연락했어요. 학교 대회용으로만 썩힐 수 없는 엄청난 잠재력이 있다고 판단했거든요."

"로리 학생이 좋아하는 뷰티 브랜드를 소개해줄 사람을 알게 돼서…." 에이미가 덧붙였다.

로리는 그동안 머릿속으로만 해왔던 말이 떠올랐다. '로리 라크시, 탁월한 기업가!' 이 말이 실현될 날이 손에 잡힐 것만 같았다.

"로리 학생의 반이 '직접 CEO가 되어보는 날'에 뷰티 브랜드 연구소를 견학할 수 있게 됐어요. 그곳에서 반짝이는 입욕제와 립스크럽을 어떻게 만드는지 보고 직접 만들어보기도 할 거예요!"

"고맙습니다. 정말 멋져요!"

"로리 학생은 그곳에서 실제 브랜드 CEO들과 얘기를 나누게 될 거예요. 그때 로리 학생이 프레젠테이션에서 말했던, 버려진 음식물로 뷰티용품을 만드는 아이디어를 설명해주세요."

로리의 가슴이 두근거렸다.

에이미가 말했다. "그분들은 로리 학생의 제작 방식이 세상을 더 나은 곳으로 만든다는 점에 동감해서, 실제로 실현시켜보려는 거예요. 그렇게 해서 새 브랜드를 출시하게 되면, 아이디어를 제공한 사람이라는 의미로 로리 학생의 얼굴을 공개하고 싶다고 해요. 하지만 로리는 아직 학생 신분이니 이 부분에 대해선 부모님, 선생님과 얘기를 나눠봐야겠죠. 물론 그보다 먼저 확인해야 할 건, 새로운 아이디어로 제품을 만드는 데 로리 학생이 자신의 영감을 제공할 의사가 있느냐 거죠."

"로리 학생의 아이디어는 제품의 메인 아이디어이자 제품 제작의 스토리가 되어줄 거예요." 에이브릴이 이어 말했다. "로리 학생이 전하고자 하는 메시지를 담아 '미녀 & 쓰레기통'이란 브랜드 라인을 출시할 거예요. 물론 로리 학생과 함께 말이죠."

로리의 가슴은 계속 뛰었다. 찰리도 같이 하는 건가? 찰리는 로리와 같은 팀으로 우승했다. 혹시 찰리와 앞으로도 계속 함께 일해야 한다면, 글쎄… 즐겁진 않을 것 같았다. 또다시 찰리 슬로스의 세상에 흡수되어 끌려 다니기는 싫었다.

로리는 숨을 들이쉬고 말했다. "찰리하고도 얘기해보셨나요?"

에이미가 말했다. "몇 분 전, 찰리 학생과 찰리 부모님과 얘기를 마쳤어요."

에이브릴이 말했다. "찰리는 로리 학생이 〈미녀와 쓰레기통〉의 주인공이라고 하더군요. 사실 찰리 학생이 한 건 제품 홍보밖에 없어서…."

에이미가 이어 말했다. "게다가 시간을 따로 내기 어렵다고 하더군요. 찰리 학생은 대회에서 이겼으니 그걸로 충분히 기쁘고, 어머니가 하는 새로운 홍보 캠페인이 있어서 그걸 도와야 한다고 했어요."

"찰리한테도 좋은 일이 생겼네요!"

로리는 찰리가 잘되는 것도 기뻤다. 나중에 찰리한테 메시지를 보내야겠다고 생각했다.

"자, 그럼 어떻게 하실래요?"

로리는 입술을 깨물었다.

"사실, 하나 더 부탁드리고 싶은 게 있긴 해요."

"말해보세요."

"제가 만든 뷰티용품의 레시피는 저랑 동생이 함께 만들었어요. 그러니 제 동생 펀도 이 영광을 누릴 자격이 있어요. 그래서 말인데… 제 동생도 함께해도 될까요?"

"물론이죠!" 에이브릴이 말했다.

"자, 어떻게 생각하세요?" 에이미가 물었다.

"네! 고맙습니다! 사실 너무 하고 싶어요!"

로리의 몸속 모든 세포가 설레서 불타오르는 것 같았다. 마치 몸속에 수백 개의 톡톡 캔디들이 가만히 있다가 동시에 전부 터지는 것만 같았다.

어떻게 생각하냐고? 어떻게 생각하냐고?

지금 무슨 생각이냐면…

꿈은-이루어-진다.

@혁신가들 이번 대회에 참가해주신 모든 분들, 수고하셨습니다! 우리의 멋진 우승 팀에게 박수를 보냅니다! 로리와 찰리, 두 학생이 우승 상금을 자선단체에 기부했다는 소식에 너무나 자랑스러움을 느낍니다. 전액을 기부했다고 하는군요! 하지만 이건 시작일 뿐이죠. 우리 블로그를 방문하셔서 '직접 CEO가 되어보는 날'에 참여한 실버데일 중학교 학생들의 모습을 구경하세요. 매운 생강 쿠키를 넣은 거품 입욕제와 매끄러운 바닐라 헤어 크림을 만들었답니다.
앞으로도 로리 학생의 모험에 계속 관심을 가져주시기 바랍니다!

미녀와 쓰레기통
레시피 모음

귀리 바나나 마스크팩

재료

귀리 2큰술
잘 익은 바나나 4분의 1개
코코넛오일 1티스푼

만드는 법

바나나와 코코넛오일을 포크로 잘 으깬 후, 귀리와 함께 섞어요. 반죽이 되직해지면, 부드럽게 떠서 얼굴에 펴 바르세요(볼, 이마, 턱에 바르고, 눈 주변은 바르지 않는 게 좋아요). 다 바르고 나서 몇 분간 그대로 두세요.
팁: 목욕물에 들어가서 하면 밀착이 잘 되기 때문에 더욱 효과가 좋아요. 씻어낼 때는 따뜻한 물을 사용하세요.

딸기 요구르트 마스크팩

재료

으깬 딸기 한 움큼
갈아놓은 아몬드(또는 오트밀) 2큰술
떠먹는 요구르트 1~2큰술

만드는 법

딸기를 포크로 으깬 후, 떠먹는 요구르트, 갈아놓은 아몬드와 함께 잘 섞어주세요. 그리고 손가락을 이용해서 얼굴에 잘 발라주세요. 몇 분간 그대로 뒀다가 따뜻한 물로 잘 씻어내세요.

거품 입욕제

재료

구연산 80g

소다(케이크 만들 때 부풀리기 위해 쓰는 재료) 200g

목욕용 엡섬 솔트 40g(없으면 안 넣어도 됨)

오일: 올리브오일이 가장 좋음. 10ml 정도.

물: 손을 적실 정도로 몇 방울만

에센셜오일: 몇 방울만(없으면 안 넣어도 됨)

장식

말린 허브 잎과 꽃잎(없으면 안 넣어도 됨)

천연 색소(목욕물에 색을 내고 싶지 않으면 안 넣어도 됨)

만드는 법

①구연산과 소다를 체로 쳐서 오목한 그릇에 담은 뒤, 거기에 목욕용 엡섬 솔트를 넣어 섞어주세요. ②다른 용기에 오일, 에센셜오일, 천연 색소(원하는 경우에만)를 넣어 잘 섞어주세요.

①이 축축한 모래와 같은 질감이 될 때까지 천천히 ②를 더해주세요. 손에 물을 적셔서 반죽하거나, 아니면 물 몇 방울을 떨어뜨려 넣어도 돼요. 골고루 섞일 때까지 반죽해주시면 됩니다.

반죽한 재료를 조그마한 공 모양으로 말아서 동그란 틀 안에 넣으세요. 틀이 따로 없으면 머핀 컵을 사용해도 좋아요. 그런 다음 약 15분간(15분이 넘으면 너무 들러붙어요) 실온에 두세요. 그런 다음 병에 넣어두었다가, 목욕할 때마다 한 움큼씩 꺼내 따뜻한 목욕물에 넣으면 된답니다. 어때요, 쉽죠?

싱싱한 토마토 마스크팩

재료

얇게 저민 토마토 1개(또는 방울토마토 3~4개)
올리브오일(또는 아몬드오일) 1티스푼
옥수숫가루 2티스푼

만드는 법

먼저 토마토 껍질을 벗기세요(슬라이스로 잘라서 벗겨도 되고, 토마토 껍질 안쪽을 숟가락으로 퍼내도 됩니다). 껍질을 벗긴 토마토를 옥수숫가루, 올리브오일과 함께 으깨어 섞으세요. 되직해진 반죽을 얼굴에 잘 펴 바른 후, 몇 분간 뒀다가 따뜻한 물로 씻어내세요.

스위트 로즈 보디 스크럽

재료

설탕

올리브오일

로즈오일: 몇 방울만(라벤더 꽃잎이나 레몬 껍질, 다른 에센셜오일로 대체해도 돼요)

말린 장미 꽃잎(없으면 안 넣어도 됨)

만드는 법

설탕을 올리브오일, 로즈오일, 꽃잎과 함께 섞은 후, 병에 넣어 밀봉해주세요. 그리고 샤워하기 전 보디 스크럽이 필요할 때마다 열어서 한 숟가락씩 쓰면 돼요.

참고

설탕은 갈색이든 흰색이든 상관없어요. 집에 설탕이 없다면 소금을 쓰세요. 오일은 올리브오일이 가장 좋지만, 코코넛오일이나 아몬드오일도 괜찮아요. 굳이 비싼 엑스트라 버진 유기농 올리브오일을 쓸 필요는 없어요.

로리의 재활용 꿀팁

★아보카도를 먹고 있다면, 껍질을 절대 버리지 마세요! 아보카도의 과육을 파내고 남은 껍질의 안쪽을 팔꿈치(또는 무릎)에 문지르세요. 그렇게 하면 바로 수분 공급 효과가 난답니다!

★과즙이 많이 나오는, 먹기엔 너무 푹 익어버린 과일이 있다면, 스무디/밀크셰이크/잼을 해서 먹거나 마스크팩을 만들어보세요. 버리지 말고요! 으깨서 떠먹는 요구르트와 섞는 것도 좋아요. 망고, 바나나, 파파야, 딸기와 섞는다면 최고죠.

★빨리 화장하고 싶으세요? 비트 뿌리를 잘라 입술에 문질러보세요. 천연 글로우 컬러가 만들어진답니다. 또는 블루베리를 얼려서 눈꺼풀에 찍어 바르면 색조 화장도 가능해요.

★바나나를 얼려 먹는 법을 아시나요? 바나나를 먹다가 남으면, 냉동실에 넣으세요. 언 채로 먹거나(땅콩버터에 찍어 먹으면 맛있어요), 아니면 믹서로 갈아서 아이스크림과 함께 먹어도 맛있어요.